「稀莉ちゃん、言わなきゃいけないことがあるんだ。真剣に聞いてほしい」
「う、うん」
吉岡奏絵
Kanae Yoshioka

ふつおたはいりません！2

主演：吉岡奏絵、佐久間稀莉

Contents

ふつおたはいりません！ 2

～崖っぷち声優、ラジオで人生リスタート！～

結城十維
Toy Yuki
illust. U35
Umiko

第1章　同情、現状、日々炎上

「後方敵接近！　あの機体は何だ？」

「わかりません、データにない機体です」

都内レコーディングスタジオ。ブースの中には十人ほどの役者がおり、代わる代わるマイクの前に立ち、声を吹き込んでいる。

「左腕部損傷！　距離をあけてください」

「わかっているっ！　何なんだ、あれは」

私は台本を持ち、数歩前へ踏み出す。そしてマイクの前に立ち、声を発する。

「やっと、やっと見つけた」

「誰だ、お前は！」

「お前は今まで撃墜した奴を覚えているのか？」

「右脚部もやられました」

「くそっ、どうすれば」

「落ちろ、落ちろよ」

私は復讐《ふくしゅう》に燃える、敵のパイロット。ロボットに乗り込み、宇宙で戦闘を繰り広げている。

という設定。

「燃えろ、燃え上がれえええええ！」

主人公へビームを放ち、叫ぶ。

そう、私、吉岡奏絵《よしおかかなえ》は映像作品に声を吹き込むプロ、声優なのであった。


「お疲れ様でした、本日の収録は以上です」

「お疲れ様でした！」「お疲れ様です」「ありがとうございました」

収録も無事終わり、緊張した空気が和らぐ。劇場作品なので、四時間近く収録した気がする。さすがに疲れた。本当に宇宙で戦ってきたかのような疲労具合だ。

「吉岡さん、今日凄《すご》い良かったですね」

「ありがとうございます。……本当に良かったですか？」

共演者に褒められるも疑心暗鬼だ。

「おう、良かったぞ。吉岡はああいう演技もできるんだな」

ベテラン音響監督さんにも褒められ、照れ臭い。

「そこを見込んで選んだ、さすが俺！」

「あはは、選んでくれてありがとうございます」

「選んだのは監督だがな」

「おいおい」

「ともかくいい演技だったってことだ」

「本当本当。かなかな、今日は凄味《すごみ》があったよ。絶対に倒してやるっていう圧があったね」

よしおかん呼びが定着してきたので「かなかな」と呼ばれると「誰？」となる。私をそう呼ぶのは数人しかいない。

「凄味あったかな、ひかりん」

ひかりんと私が呼ぶのは、私と一歳違いの声優、東井《あずまい》ひかりさんだ。ショートカットの可愛《かわい》い系の見た目で、少年ボイスが魅力の声優さんだ。

「よ、さすが炎上声優！」

「や、やめい！」

そして何より「芸人」力が高い。ラジオも多く担当しており、私も何度も聞いて参考にさせてもらっている。

「いやー、だって誰も聞かないじゃん！　ここは年齢と距離感の近い私が聞いておかないとね。皆、気になっていたでしょ？」

周りの声優さん、スタッフさんも「うんうん」と頷《うなず》く。

「いや、何も気にすることないですよ！　今日は収録、大切な収録ですから！」

「もう終わったよー」

「そりゃそうだけど！」

「ズバリ付き合っているんですか？」

「付き合っていません！」

「ちぇっー」

露骨に残念がらないでほしい。

「あれは、その、営業、そう百合《ゆり》営業みたいな感じです！　ラジオのネタなんですよ、そう、何もないですよ！」

「そういうことにしておくかー」

渋々、諦めてくれる『ひかりん』こと東井ひかりさん。

「でも大変だね、かなかな」

「そう、ですね……」

私は先日開催されたラジオのイベントで、相方の佐久間稀莉《さくまきり》に告白された。リスナーの前で、舞台の上で「好き、大好き」と言われたのだ。……人として好きという意味ではないのかもしれない。なら、なんなんだろう。何なんでしょうね……そういうことなの？　えーまさかまさか……なのか？　私に？　わからない、わからなすぎる！

別に告白されること自体は問題では、いや問題だけど、大きな問題ではない。過去にイベントで頬にキスした女性声優もいたらしいし、いたの？　まぁ戯れはむしろリスナーに喜ばれるレベルだ。

ただ告白した人が問題なのだ。

佐久間稀莉。十七歳の女子高校生で主要キャラを何度も務める、売れっ子声優。今、最も勢いがある女性声優といっても過言ではない、イケイケの人物。そんな稀莉ちゃんがやらかしたのだ。

男性に告白したり、週刊誌で熱愛が発覚したりするよりは悪意のあるコメントは少ないだろう。

それにイベントに来た人しかわからない出来事で、ディスク発売や放送予定もない。あるのは文字情報のみ。被害は最小限になっている。

それでもだ。告白した相手が二十七歳の私。十七歳とは十歳差だ。それに「好き」と絶叫する前に、彼女の私への熱烈なエピソードも語られたのだ。イベントのは「嘘《うそ》でした」「営業ですー」とやり過ごすには少々無理がある。おかげでリスナーたちは「ガチ恋だ！」と盛り上がっている。

稀莉ちゃんはSNSを特にやっていないので、イベントでのことを知ったファンからの矛先は番組SNSと私のSNSへと向けられている。あまりにメッセージ通知が多すぎて、事務所からは「当分の間、投稿は禁止です！　SNSも見ないでください！」と連絡をもらった。うちの事務所がそこまで気遣うなんて珍しい。それでも、「どんなこと言われているのかな〜」と気になっちゃうのが人のサガというもので、メッセージをついつい確認してしまう。

さらにまとめブログやSNSでの拡散により、情報だけがどんどん一人歩きし、火はますます燃え広がっている。

「かなかな大丈夫？　疲れていない？」

「ひかりん、ありがとう。疲れてはいないけどね。堪えるコメントもあるよね」

中には過激な稀莉ちゃんファンもいるだろうが、直接的に「引退しろ！」「会見を開け！」「馬鹿野郎」なんて憎悪むき出しのコメントは届いていない。

「ロリコン声優、そういう目で稀莉ちゃんを見ていたんですねー、職権乱用、犯罪ですとか言われるのは辛《つら》い」

「あー」

告白されたのは私なのだ。それなのに私のせいになっている。情報は流れに流れると、真実は薄くなり、事実は曲解されるのだ。

「でもね、別の困ったこともあって」

「別の困ったこと？」

「祝福コメントが多い……！」

「ぶほっ」

「わ、笑うなって！」

「つ、つい、あははっはははは」

「もうこっちは真剣なのに！」

「ご、ごめんって。あはははは」

そう、悪意のあるコメントよりも祝福コメントが多いのだ。「ご結婚おめでとうございます！」「やっぱりそうだと思っていました」「ただただ尊い」「同人誌にしてもいいですか？」「新婚旅行はぜひうちの地元に来てください！」「披露宴イベントやりましょう」「生きる活力が生まれました」「年の差百合っていいですよね！」「素晴らしい」「生きていてよかったです」「末永くお幸せに」

何なんだ!?　いっそ、悪意ある方がマシだ。祝福されて、応援されて、どういう顔をすればいいのか、わからない。

「あははは、腹いて～、最高」

ゲラゲラ笑う仕事仲間。愉快な話題を提供できたようで良かったです。

……はぁ、もう話す気分ではない。

「じゃあ、このお話は以上です。すみませんね、炎上しちゃって」

人の噂《うわさ》も七十五日。二ヶ月半か……長い。

私、吉岡奏絵は一発屋の落ちぶれた声優だった。

それが稀莉ちゃんと「これっきりラジオ」のパーソナリティを一緒に担当し、再び活躍するようになった。声優の仕事も増え、順調にきたと思った。

それが今は「空飛びの少女」で主演の空音を演じていた時以上に、注目される声優となっている。

ただそれは火事現場に群がる野次馬によるもので、私の力ではない。

あの子は大丈夫なのだろうか。こうなることを見越していてあんなことを言ったのだろうか。

良くも悪くも、この炎上のせいで毎日稀莉ちゃんのことを考えている。そんなこと報告したら喜びそうなので、気軽に言えないのもまた辛い。


炎上話も終わったはずだが東井のひかりんは帰してくれず、一緒にラーメンを食べに行くことになった。

お腹《なか》が空いていたのでちょうど良《い》いが、この後も炎上話を話題にされるとなると億劫《おっくう》だ。それでも一緒にラーメンを食べてくれる女性は貴重で、せっかくの誘いを断ることもできなかった。

「最近は油そばにもハマっていたけど、汁ありのラーメンもやっぱりうまいや」

「疲れた体には、油が染みるねー」

「でしょでしょー」

最近は辛い物にもハマっていて吉祥寺のお店によく通っているとか、コンビニの辛いラーメンはあまり辛くないとか、アラサー女子二人がラーメン話に花を咲かせる。

「佐久間さんってラーメン食べなそう」

「あー食べなそう。稀莉ちゃんお嬢様だしね。コンビニにもまともに行ったことなさそうだったし」

「嘘!? 東京に住んでいてそれってありえなくない？」

「家にメイドもいたしさ」

さらに驚く顔の同僚が見られる。

「家にメイドってそれってアニメ？」

「でしょ〜。驚くよね」

「ってか、家にメイドがいたって、実際に見てきた風な言い方だ。あれれ〜おかしいぞ〜」

「あっ……」

「本当にどこまで仲が進展しているのか、ふふふ……。あの有名俳優のお母様にも会ったことあるの？」

「お母様って……。あるよ、ある。綺麗《きれい》な人だったね」

「親公認ってわけね。なるほどなるほど」

「……何がなるほど、なのでしょうか？」

「佐久間さん、綺麗になるから逃さないようにね」

「もう！　そうやって茶化して」

私をイジルのにイキイキしている。何とか反撃したいところだが、ずっと彼女のターンだ。

「最近、佐久間さん可愛いよね。垢抜《あかぬ》けたのかな～と思っていたけど、そういった事情があったわけか」

「そういった事情って」

「恋をすると女の子は可愛くなるってわけよ！」

「はあ、そうっすか」

「これもかなかなのおかげだね！」

「おかげと言われても困るけど！」

恋する乙女は可愛い。……そうなのかな？　稀莉ちゃんは可愛くなったのかな？　生意気だったけど初めから可愛いと思っていたし、いつも見ているから変化をそんなに感じない。そりゃラジオや色々な出来事を通して、見た目でなく可愛い存在になったのは認めるけどさ。恋、か。恋って何だろうね。そんな思春期の学生みたいなことを恥ずかしくて聞けない。

「ねーねー、私、最近可愛いと思わない？」

一人困惑しているところに、すかさず東井さんはトスを上げる。絶好球を上げられたら、アタックせずにはいられない。

「恋でもしているんですか？」

「してねーんだなこれが」

「何なんでぃ！　どうして聞いた！　いや、ひかりんが可愛くないってわけじゃないよ。可愛い、可愛い」

「あざっす！」

「しかし、アラサーに可愛いというのは誉《ほ》め言葉なのだろうか」

「いいの、いいの。女の子はいつでも可愛くありたいものだから」

「女の子、ね」

「おい！　今は恋は別にいいの。ともかく玉《たま》の輿《こし》にのる！　どっかの社長知らない？　医者、弁護士なんでもオッケーだよ」

「知らないねー」

いたら私が知りたいわ！　ぜひお便り欲しい。

なんて、以前は冗談が言えたけど、最近は言えなくなっている自分がいる。

「そういえば、ひかりんの番組も合同イベントに出るんだよね？」

「おうおう、そうだった。『これっきりラジオ』も出るんだっけ」

「うん。合同イベント初めてでさー。ひかりんは何回か出てたよね？」

「かれこれ四回は出ているかな」

「さすが。で、合同イベントってどういうことやるの？」

「負けないからね」

「え、対決するの合同イベントって？」

「ふふ、教えてあげません」

「けちー」

その後聞くも何も教えてくれなかった。本当に何をするんだ、合同イベントって。皆で集まって合唱コンクール、演劇でもしちゃうの？　アクティブに運動会しちゃう？

「先に謝っておくけどさ、あやすけが迷惑をかけるからごめん」

「あやすけ？　あー彩夏《あやか》さんか」

あやすけこと、芝崎《しばさき》彩夏。東井ひかりと四年に続くラジオ番組を担当しているパーソナリティで、声優だ。私と同い年で、一見すると綺麗なお姉さんなのだが。

「あの子はやべーよ。場を乱すに乱すのだけど、気づいたら遠くにいて自分は関係ありませんよという顔するんだ。自分は良い人アピールで締めくくるヤバい奴」

「ははっ、そういうところあるよね。独自の世界を持っているのに、意外と常識人でもある」

「そうそう、それにあやすけは下ネタどんどん言ってくるからね〜。あの子の発想と妄想は普通じゃない」

「稀莉ちゃん、下ネタ苦手だしな……」

「だからこそ、一緒にラジオやって楽しいんだけどねー」

「確かに彩夏さんは飽きない人だね」

「でしょ〜」

稀莉ちゃんは苦手なジャンルの人だろう。どう対応したらいいだろうか。遠ざけるのも悪いし、照れる稀莉ちゃんもまた可愛いしな。って、私がどう守ろうか真剣に考えちゃっているあたり、私はおかんで、保護者なんだな……。

その後も話題は尽きずに楽しく話していた。が、食べ終わって居座るのもお店に迷惑なので、解散することになった。

お店から出ると外の風が少し涼しい。いつの間にか夏の権威が弱まり、秋の気配が漂い始めている。季節は移ろい、気づけばラジオ番組開始からもう半年になろうとしている。

「まぁ頑張ろうね。炎上もエンジョイせよー」

手を挙げ、明るく振る舞う東井さん。ひかりの名前の通り、眩《まぶ》しい人だ。

「えっ、もしかしてそれがずっと言いたかった？」

「うん、盛大な前置きだったたっしょ」

「何も伏線がない！」

「ふふ、恋は突然さ」

「恋してないくせに」

「突然、白馬に乗った王子様が現れるんだから！　金塊を持ってね」

「金目当て！」

炎上もこう笑い飛ばしてしまえば、気が楽になる。

茶化しているようで励ましてくれていたんだなと、東井さんの優しさに感謝する。

「ありがとね」

「何のこと？」といった顔でとぼける彼女。

この人には敵《かな》わないな、と私は苦笑いを浮かべた。

◇　◇　◇

久しぶりのラジオ収録。

炎上して以来の『これっきりラジオ』の現場だった。

普段とは違う緊張感。扉を握る手に力が入らない。

この部屋の中に入りたくない。できるなら逃げたい。でもラジオの収録から逃げる勇気もない。

「おはようございます、吉岡です！」

扉を開け放ち、せめて言葉だけは元気に挨拶をする。

中には番組スタッフが何人かおり、「お、おはようございます」「お、お疲れ様です……」と返事をくれるが、どこか余所余所《よそよそ》しい。

「ご迷惑おかけしています……」

私の平謝りにも、愛想笑いで返事するスタッフたち。

か、帰りたい……。

居心地の悪さから、そそくさと移動し、ミーティングルームへ入る。

そこに彼女はすでにいた。今日は制服ではなく、私服の女の子。

「か、奏絵ー！」

勢いよく立ち上がり、私に抱き着いてくるのを、思わず躱《かわ》す。

「な、何で避けるのよ！」

「なぜ抱き着こうとする！」

「だって、イベント以来奏絵に会っていなくて寂しかったんだから！」

思わず胸がキュンとなってしまうが、いやいや待て。

「そんなキャラじゃないでしょ、稀莉ちゃん！」

彼女の名は、佐久間稀莉。十七歳の学生にして、売れっ子の声優である。

そして、彼女こそが、私の炎上の原因を作った人物である。

「私は変わったの」

「はい？」

「今までは想《おも》いを隠していたけど、イベントでぶちまけて吹っ切れちゃった。もう好きの気持ちを隠す意味ないじゃない。素直な私でいいの。本当の私デビューー！」

「ちょっと待って、稀莉ちゃん」

私たち二人の会話ならまだいい。気づかなかったが、部屋の中には『これっきりラジオ』の構成作家でもある、植島《うえしま》さんもいた。いつも突拍子もないことを言い出す、奇妙奇天烈《きてれつ》なあの植島さんですら、稀莉ちゃんの変わりように引いている。

「お疲れ様です、植島さん……」

「ああ、吉岡君は本当にお疲れ様」

「私が癒《いや》してあげるよ、奏絵！」

「いりません！」

「えー」

私たちのいちゃつきっぷりに、構成作家さんが「アハハ……」と遠い目をしている。

「確かに僕は化学変化を望んでいたよ。君たちならできると思った。まさか会場で大爆発を起こすとは思っていなかったさ」

「ご、ごめんなさい」

何故《なぜ》か私が謝る。稀莉ちゃんの事務所から、うちの事務所にも謝罪が来たらしい。稀莉ちゃんもこってり絞られたはずだ。なのに、清々《すがすが》しい顔をされておる、おい。

「でもね、あの大爆発のおかげで良いことも起こっている」

「え、良いこと？」

「前回放送の視聴回数が何と前々回の十倍」

「十倍!?」

放送時のSNSでの実況も普段より遥《はる》かに多く、一週間限定のインターネットラジオでも再生数は堂々の一位とのことだ。

「イベント効果もあるだろうけど、何と言っても炎上して知れ渡ったことが大きい。番組の知名度はかなりアップした」

　炎上商法したつもりはなかったけど、結果的には炎上効果が出ている。

「知らなかった人も話題になったことでかなりの人が聞いてくれた。で、面白いと思った人は次も聞いてくれるだろう。その勢いを絶やしてはいけない」

「そうですね」

　炎上したことはもうしょうがない。起きたことを悔やんでも仕方がない。これほどまでの注目は今までにはなかった。炎上を逆にうまく利用するほかない。

「合同イベントもあるがそれはまだ先のこと。なので手っ取り早く二つのプランを用意した」

「二つですか」

「ああ、人気をこれっきりにしないために、攻める」

　さっきまでふざけ気味だった稀莉ちゃんも真面目に耳を傾ける。

「一つは新コーナーだ。イベントで一つコーナーが終わったこともあるし、もっと化学変化起きそうなのを考えてきた」

　そして、イベント以来の『これっきりラジオ』の収録が始まったのであった。

＊　＊　＊　＊

稀莉「はい、先日のイベントは大盛況でしたね」
奏絵「……」

稀莉「何、黙っているのよ？」
奏絵「夜公演に来ていただいた方はわかると思います、この沈黙の意味！」
稀莉「楽しかったわね」
奏絵「そして、大炎上している私のＳＮＳ！」
稀莉「良かったじゃない、人気声優の仲間入りよ」
奏絵「誰が火をつけたと思っているの？」
稀莉「今日はイベントの感想がたくさん届いています」
奏絵「わーい、嬉《うれ》しい！　けど、話逸《そ》らされたー。誰か同情してくれ！」

稀莉「はい、さっそく読むわよ。ラジオネーム『そいやぞいや』さん。『イベント昼公演、夜公演どちらも参加しました。生で見る二人は綺麗で、とても可愛いかったです！　途中からはずっと笑いっぱなしで、ああ、そうだ今日は芸人さんのライブに来ているんだ！　と思いました。次の合同イベントも楽しみにしています』」

奏絵「良かった、普通のメール、ふつおただ」
稀莉「良くないわよ、ふつうのおたよりはいらないんだから！」
奏絵「そういうこと言わないの。そうそう、早速話に出ましたが『これっきりラジオ』の二人がマウンテン放送合同イベントに参加することになりました」

稀莉「こちらの情報は番組最後に少し触れるわ」
奏絵「イベントが終わったと思ったら、次のイベント」
稀莉「ありがたいけど、しんどいわね」

奏絵「では、たくさん来ているので次のお便り！　ラジオネーム『カップラーメンは4分待って食べる』さんから。あ、あの人だ。『イベントではいじっていただき、ありがとうございました。失恋のショックからよしおかん派になろうと思った僕でしたが、その後の稀莉さんの熱すぎる告白に、敵わねぇ……と圧倒的な想いの差を感じました。よしおかんは稀莉さんのものです。二人の末永い幸せを祈っています』」

稀莉「イベントでは馬鹿にして悪かったわね、カップラーメン4分の人。あなた、よくわかっているじゃない。きっとすぐに彼女できるわ。素敵な恋応援している」
奏絵「イベントの時と態度が百八十度違う！」
稀莉「何よ！　こんなに良いこと言っている人をイジルことなんてできないわ」
奏絵「くそ、イベントではざまーみろ！　といじっていたのに」
稀莉「私の想いが皆に伝わったみたいで嬉しいわ。そう、奏絵は誰にも渡さない！」
奏絵「えーっと、これ夜公演に来ていない人はさっぱりわからない内容ですよね。えっ、よしおかん説明してあげてって、そんな無茶な！　植島さん！　えー……本気で私が話すの？」

稀莉「わくわく」
奏絵「わくわくするな！　えーっと、簡単に言うと、私が『空飛びの少女』の空音を演じていたのを小さい稀莉ちゃんが見て、憧れて、声優になって、ラジオ番組で憧れの私と、自分で言って恥ずかしいんだけど！　その私と再会して嬉しいのだそうです」
稀莉「三十点」
奏絵「はい、赤点ですね。だいぶオブラートに包んだんだよ、だいたいそういうことでしょ？」
稀莉「愛が足りないわ、愛が」
奏絵「知るかっ！　もう私を惑わさないで」
稀莉「ふふ、惑わされているのね」
奏絵「嬉しそうな顔するなー」

稀莉「次のお便りね。ラジオネーム『スパイスパイラル』さん。『イベントグッズ買いました。ジョッキでビール最高ですね！　Tシャツも普段から着ています。さて、イベントでは匂いを聞いたり、失恋した人を罵倒したり、アラサーが萌え台詞《もぜりふ》を言ったり、終始笑いっぱなしのひどすぎる(誉め言葉)イベントでした。特に劇団・空想学の即興劇がヤバかったです。書類でカップル契約更新する稀莉さんに、闇な一面が見えた気がします。まだ暑い日が続きますが、体調を崩さないように気を付けてください！』」

奏絵「グッズ買ってくれてありがと。おかげさまでほとんどのグッズが売り切れになりました」
稀莉「残ったのは団扇《うちわ》ぐらい……」
奏絵「落ち込まないで、夏には重宝したから」
稀莉「コスト抑えられるからって、調子乗って大量生産しちゃったらしいわ。余ったものは合同イベントでも売る予定だから、来年の夏に備えて従順なリスナーさんは買いなさい！」
奏絵「『もうこれっきり！』『はい、破りますー』という文字が裏表に書かれた、メンタル減る団扇です。合同イベントでの使用は禁止します」
稀莉「そういえば、カップル契約更新の寸劇もやったわね」
奏絵「途中で解約できないとか、契約違反でしょ」
稀莉「そんなことないと思うわ。世のカップルは契約書をかわすべきだと思うの。色々と取り決めをしないから争うのよ。気持ちは目に見えないから、しっかりと記載しないといけないの」
奏絵「取り決めはともかく、気持ちを伝えるのは昔だったらラブレターだったのかな。今だとメールや、トークアプリでのやり取りの言葉とか」
稀莉「電子文字だとどこか安っぽいのよね。気持ちが薄いというか」
奏絵「現代っ子が言うか！　でも、気持ちはわかる。ファンレターも直筆だと想いが詰まっているな〜と思うし。もちろんメールでも、印刷したものでも嬉しいですよ」
稀莉「よしおかんはラブレター貰《もら》ったことある？」
奏絵「あるよ、ある。可愛い女の子から貰ってね。ＣＶは誰だったっけ？」

稀莉「またゲームの話」
奏絵「リアルではそうそう無いって」
稀莉「じゃあ、今度書いてきます」
奏絵「えっ……!?」

稀莉「では、ここで新コーナーの紹介です！」
奏絵「何と、先日行われたイベントで『もうこれっきりにして』のコーナーが終了しました」
稀莉「もうネタ切れだったのよ。別コーナーともネタが被《かぶ》るしね」
奏絵「予告もなしに、突然イベントで終わりましたからね」
稀莉「なので、新コーナーというわけです」
奏絵「次回からお便り……募集しなくてもいいかな」
稀莉「何よ、乗り気じゃないじゃない」
奏絵「そりゃ、乗り気になるコーナーじゃないよ！」
稀莉「えー、私はいいと思うけど」
奏絵「そりゃ稀莉ちゃんは願ったり叶《かな》ったりのコーナーだろうね！」
稀莉「はい、新コーナー名は、どん！『稀莉ちゃんの願い、かなえたい！』です」

奏絵「わー、やりたくない！」
稀莉「『稀莉ちゃんの願い、かなえたい！』のコーナーは、佐久間稀莉が吉岡奏絵と結ばれるために、リスナーさんにプレゼンしてもらうコーナーです。『お二人が住むならこんな家ですよね？』『新婚旅行にはここがお勧めです！』『ここで告白すると必ず結ばれるらしいですよ！』などなど、私に役立つ情報、デートプラン、恋愛必勝テクを教えてください」
奏絵「なに、このコーナー」
稀莉「私が気に入ったものがあれば実演、実現します」
奏絵「私利私欲にまみれたコーナーすぎやしないかい？」
稀莉「私の年齢は今十七歳だから、来年になったら結婚できるのよね……。そこに向けてのプランもどしどし送ってきなさい！」
奏絵「飛躍しすぎだよ!?」
稀莉「もちろん、よしおかんの意見も聞くわよ」
奏絵「沖縄に行きたい！　泡盛飲みたい！」
稀莉「はいはい、お金貯《た》めて行ってくださいね」
奏絵「そんなお金ないやい。えーっと、スタッフがどうやら参考でアイデアを考えたそうなので、いや、本当考えなくていいんだよ!?　あーもう！　どうせ拒否権はないんですよね!?　読みますよ、読みます!!」
稀莉「うむ」

奏絵「『おかん、稀莉ちゃん、こんにちは。私のお勧めの距離をぐっと近づけるデートプランはキャンプです。二人でテントを張り、火を起こし食事を作っての共同作業。いいと思いませんか？夜になると満天の星空が二人を祝福してくれます。寝る時は狭いテントに二人っきり。都会の喧騒《けんそう》から離れ、静かに二人で語り合う夜。最高だと思います。ぜひ実演してください』」
稀莉「はい、採用」
奏絵「嫌です！」
稀莉「えー、私キャンプ行ったことないから行ってみたい」
奏絵「今はまだ暑いけど、これから寒くなるじゃん」
稀莉「そこ？　私と行くのはいいの？」
奏絵「あ、えーっと、二人きりは良くないよね！　ぜひスタッフも連れて行きましょう。いや、行かないから！　誰だよ、これ書いたスタッフ出て来い！　ス、スポンサー様!?」
稀莉「はい、次の参考です。『稀莉様、吉岡、こんにちは』」
奏絵「呼び捨てにしない！」
稀莉「話の腰を折らないで。『私が稀莉様に提案させていただくのは、愛してるよゲームです。ルールは簡単。先攻後攻を決め、向かい合い、相手の目を見ながら、愛してるよと交互に言い合い、先に照れた方が負けです。普段つれない吉岡にアタックするにはちょうどいいゲームじゃないでしょうか。ぜひ実践してください』」

奏絵「しない！」
稀莉「する！」
奏絵「スタッフ乗り気すぎじゃない？　このコーナー何でもありすぎる。え、とりあえずやろうかって」
稀莉「はい、やりましょう。私から先攻！」
奏絵「待って、気持ちの準備が」

稀莉「愛してる」
奏絵「……」
稀莉「堪えたわね」
奏絵「愛してる。……あー顔をそらさない！」
稀莉「無理」
奏絵「愛してる」
稀莉「ああ、もう無理!!」
奏絵「ちょっと待って、弱すぎない？」

稀莉「だって、じっと見つめられて、愛の言葉なんて……照れちゃうじゃん」
奏絵「待って、そんなウブな反応されるとこっちも恥ずかしい」

＊　＊　＊　＊　＊

後で聞き返したくないほど、恥ずかしすぎるラジオになってしまったのであった。

これでリスナーは離れないのか？　新規リスナーは聞いてくれるのか？　古参は呆《あき》れていないよね？

そして、構成作家考案の二つ目のプランがラジオで告知された。

◇　◇　◇

「もう一つの作戦は、色々なラジオにお邪魔することだ」

植島さんが自信満々に提案したが、言っていることはさほどインパクトはなかった。

別のラジオ番組にゲスト出演。それ自体は珍しいことではない。現に私達は一度、橘唯奈《たちばなゆいな》さんのラジオ番組『唯奈独尊ラジオ』にゲスト出演している。

「二人には合同イベントに参加する他のラジオ番組にゲストとして行ってもらう」

「他の四番組に全部ですか？」

「いや、それぞれ一番組だ」

「それぞれ？」

稀莉ちゃんが私も浮かんだ疑問を口にする。

「ああ、それぞれだ。一人でゲスト出演してもらう」

「え、二人で一緒じゃないんですか？」

「ああ、一緒じゃない」

「それはどうして？」と口にしていいものだろうか。私が悩んでいると、隣の女の子は怯《ひる》むことなく、言葉をぶつける。

「どうして奏絵と一緒じゃないんですか！　奏絵と一緒じゃないと嫌です！」

ど真ん中すぎるストレート。今までの彼女ならそんなこと言わなかったはずなのにな……。

「理由はあるよ。二人は化学変化を起こしすぎたんだ。爆発しすぎてしまった。良くも悪くも空気ができすぎてしまった。新コーナーでその空気を助長させようとしているが、その判断もリスクがある。矛盾しているんだけどね。まだ半年でこの番組を落ちつけてしまう必要はない」

要するに、植島さんなりの「頭を冷やしてこい」ということだろうか。

空気、ね。不仲なラジオ、ただの仲良しなラジオではもうなくなってしまったということか。型にはまってしまった。

でもただ毎回イチャイチャ、百合百合すればいいというわけではない。リスナーが望んでいるもの、私がしたいラジオ、二人で作りたい番組。

段階を踏んで進化していく、成長していくはずだった。

なのに階段をすっ飛ばし、行きつくところまで行ってしまった。

その先に待つのは停滞、マンネリ。

「それに別の空気を知る必要もある。このラジオをさらに面白くするためにね。いうなれば修行という感じかな。よくあるだろ少年漫画には」

「私たちはジャンプの主人公じゃないですよ」

「これが、合同イベント参加番組のリストだ」

私の言葉を意に介さず、植島さんが紙を机の上に置いた。

そこには五番組のタイトルと、出演者が書かれていた。

・『唯奈独尊ラジオ』　出演：橘 唯奈
・『吉岡奏絵と佐久間稀莉のこれっきりラジオ』　出演：吉岡 奏絵、佐久間 稀莉
・『新山梢《にいやまこずえ》のコズエール！』　出演：新山 梢
・『ひかりと彩夏のこぼれすぎ！』　出演：東井 ひかり、芝崎 彩夏
・『まことにさくらん！』　出演：大滝《おおたき》 咲良《さくら》、篠塚《しのづか》 真琴《まこと》

「なるほど、豪華なメンバーですね」

唯奈独尊ラジオと、東井さんのラジオがイベントに出ることは事前に知っていた。他の番組タイトルも聞いたことがあり、人気声優しかいない。私達以外は一年以上やっている番組だ。この中で

は私たちは新参者もいいところ。

それにどのラジオ番組も特徴がハッキリとしている。『癒しラジオ』『スケベなラジオ』『オタクラジオ』。私たちには無い要素だ。

で、問題はどの番組にゲスト出演するかだが。

「どのラジオにどっちが行くか決まっているんですか？」

「当然」

「聞いても？」

あっさりと植島さんから答えは返ってくる。

「ああ、吉岡君は『新山梢のコズエール！』」

「新山さんですか〜。あまり面識がないな……」

現場で見かけたこともあるが、まともに話したことはない。癒し声だけでなく、本人もふわふわ、ぽわぽわした女の子で癒されるイメージだ。やかましいおかんの私と合うのだろうか。

「で、私はどの番組なのよ」

「佐久間君は『ひかりと彩夏のこぼれすぎ！』に出てもらう」

「げっ、あの下品なラジオに行くの!?」

下品なラジオとはひどいと思うが、私もさっきだいたい似たようなことを思っていたので人のことは言えない。稀莉ちゃんが苦手な下ネタ満載の番組に行くのは不安だ。

「私と稀莉ちゃん、逆の方がいいのでは？」

癒しラジオに稀莉ちゃんが行き、スケベなラジオに私が行った方が無難だろう。

「それじゃ、面白くない！」

でも安全プランを、構成作家は一蹴した。

「君と東井君は面識あるだろ？　吉岡君が『こぼれすぎ！』に参加しても、普通に溶け込んでしまう。それじゃ化学変化は起きづらい。ギャップがあるから、意外性があるから、新境地は開拓されるのさ」

そう言われては私も、稀莉ちゃんも反論することはできない。

意味があるゲスト出演。成長するための修行。

植島さんが「さぁ、楽しくなってきただろう？」と一人不敵に笑う。修行させられる私たちはしんどいんだけどな、と口にはできなかった。

＊　＊　＊　＊

稀莉「合同イベントの情報に続きまして、ここでビッグなお知らせです」
奏絵「な、なんと合同イベント開催前に、それぞれのラジオに合同イベント出演のメンバーがゲスト出演することになりました！」
稀莉「前に唯奈のラジオにお邪魔したような感じね」
奏絵「ただあの時とは違って一人ずつです。二人では行きません。それでゲスト出演する番組ですが、私は新山梢ちゃんのラジオ『新山梢のコズエール！』にお邪魔します」

稀莉「くっ、羨ましい。私は東井ひかりさんと芝崎彩夏さんのラジオ番組、『ひかりと彩夏のこぼれすぎ！』に行きます」
奏絵「頑張ってね……」
稀莉「どうしてよしおかんが癒しラジオの『コズエール』に行って、私が下ネタ満載なお下品ラジオに行かなきゃいけないのよ！」
奏絵「ひどい言い様。稀莉ちゃんが無事に帰って来れるか、お母さん心配です。付いていってていい？」
稀莉「授業参観はお断りよ」
奏絵「親離れのお年頃ね」
稀莉「はいはい。リスナーは楽しいかもしれないけど、私たちはしんどい企画ね」
奏絵「まあまあ。イベントを盛り上げるための工夫だよ」
稀莉「で、うちの番組にもゲストが来てくれるらしいです」
奏絵「その通り、この番組にもゲストが来てくれます。ゲストはなんと『まことにさくらん！』の大滝咲良さんです！」
稀莉「皆さん、早めにお便りくださいね。できれば来週までに」
奏絵「私たちのラジオ初ゲストですよ、初ゲスト！」
稀莉「そういえばそうね。行ったことはあったけど、来てもらうはなかったわね」
奏絵「お楽しみにしてくださいね！」

＊　＊　＊　＊　＊

本日は珍しく朝からの収録で、昼前には二本録《と》り終わった。

炎上騒ぎで不安いっぱいだったが、いざ始まってしまえば何とかなる！　……ってこともなく、ヤバい新コーナーがつくられるし、別番組ゲスト出演も決まるしで息をつく暇もない。私の心が休まる日は訪れるのだろうか。

「はぁ、アイスでも食べて帰ろぅ」

せめて気分だけでも涼みたい。今日は奮発して三段重ねにしてしまおうか。

「えっ、あんた、この後のこと忘れている？」

「へ？」

思わず間抜けな声が出てしまう。

この後のこと……？

稀莉ちゃんと一緒に食事する約束でもしていたっけ？　も、もしやデート!?　いやいや、そんな約束した覚えがない！　デートだったらこんなダサい格好で来ていない。

何かあったっけ？　雑誌の取材、収録？　どこかの会社に見学？　やばい、本気で思い出せない！

なので、素直に聞くことにした。

「私はこの後何をするのでしょうか、稀莉様」

はぁーとため息をつき、彼女は告げた。

「焼きに行くのよ」

「……はい？」

こんなに燃えているのに、何をこれ以上燃やすというのか。

「焼きに行く」と言われ、連れてこられた場所は豊洲《とよす》。ビルが立ち並ぶ場所だが、少し歩くと確かに「焼ける」スペースがあった。

「さぁ、焼くぞ、食うぞ」

「おー」

たどり着いたのはバーベキュー場だった。

山でも、川でも、砂浜でもなく、都会のビル街。そんな場所に、手ぶらでバーベキューができるスポットがあったのだ。道具も、食材も、お酒も、椅子も、全て用意されている。最近の世の中は便利になったものだ。ふらっと立ち寄って、気軽にバーベキューができる。準備も片付けも楽ちんだ。

昼よりも夜が人気とのことで、早めの時間の開催になった。まだ日差しが暑いお昼の時間帯は、それほど人は多くない。

「番組打ち上げを忘れていたなんてどうかしているわ、奏絵」

「面目ない……」

そう、今回のバーベキューはラジオイベントの打ち上げなのであった。

普通ならイベント後、その日に打ち上げが行われることがほとんどだ。けれども稀莉ちゃんは高校生で、門限もある。まだ学生の彼女のことを考慮し、別の日のお昼に打ち上げすることになっていたのであった。

ただ打ち上げだけに来てもらうのも集まりが悪くなるので、普段よりも収録の時間を早め、その後に開催、というスケジュールが組まれていた。

炎上騒ぎで、打ち上げのことはすっかり頭から抜け落ちていた。「今日の収録は何だか朝早いなー、ま、いっかー」ぐらいの気楽な気分だった。

それにしてもイベント当日ではなく、別の日の打ち上げで本当に良かったと安堵《あんど》する。イベントのあの「告白」の後に打ち上げだったら、打ち上げがどんな空気になっていたのだろうか。スタッフも乗ってくれるのか、誰も触れずに無視して進めるのか。どちらにせよ私は逃げだしたくて堪《たま》らない打ち上げとなっていただろう。想像もしたくない。

「何ぼーっとしているのよ、熱いうちにお肉食べなさい」

「そうだね、稀莉おかん」

「おかんはあんたでしょ」

「そうね。稀莉～たくさん食べて大きくなるのよ」

「もう成長期は終わりました！　それと母親っぽく名前呼ぶなし！」

「へー……」

「視線を下げるな！」

うんうん、これでいい。さっきの収録みたいに真っすぐで来られたら、どう反応していいか迷ってしまう。これぐらい毒づいている方が楽だ。

「やっぱりお肉はいいね」

「そういえば珍しくお酒は飲まないのね」

そう、お酒大好きの私がバーベキューに来ながら、お肉を食べていながら、お酒を飲んでいない。異常事態だ。バーベキューにはビールが必須。酒を飲まないはずがないのだ。自分で言っていて可笑《おか》しいが、正気じゃない。

でも、今日は酔いたくないのだ。

「夜に仕事でもあるの？」

「いやいや、ないよ。たまには体に気をつかってね」

じぃーっと彼女に睨《にら》まれる。私の言い訳を信じていない顔だ。

「さあさあ、焼くから、稀莉ちゃんはたんとお食べ」

トングを持ち、網でお肉を焼く。じゅーっと焼かれる肉の音は心地よく、食欲を刺激する。

酔いたくないのではない。ここで酔ってはいけないのだ。

「焼く姿、様になっているねー、吉岡君」

「あざっす！」

「手際いいね～」

「焼くのは得意です！　料理はからっきしですが」

酔ったら口が軽くなる。お酒に強いからといって饒舌《じょうぜつ》にならないわけではない。つい、うっかり、迷いが口に出てきてしまう。出ちゃいけないのだ。出してはいけない。

あの告白以来、私は自分に一つの制約を課していた。

――稀莉ちゃんの前では、お酒を飲まない。

「あ、タレ切れましたね。とってきますー」

あの告白を受け、私の気持ちはまだふわふわしている。イベントから帰ってこれていない。

もちろん稀莉ちゃんの気持ちは嬉しかった。憧れて、好かれていることは誇らしい。

でも、彼女が本当に私のことを『好き』なのかは疑っている。

「タレ、タレどこかなー」

人間としては好きなのだろう。違う、好きの『種類』がわかっていない。

本当に、仮に、もし稀莉ちゃんが私のことを恋の意味で好きでいたとしたら、きちんと向き合う必要があるのだ。

酔って、困惑している状態の私の気持ちがぽろっと口から零《こぼ》れてしまったら、彼女を傷つけてしまう可能性がある。稀莉ちゃんのことを大切にしたい。大事にしたい。その気持ちは確かで、そのためには時間が必要だ。

「お、あった。あった。新品のタレだ」

まだまだラジオは続くし、私の声優人生も続く。そして彼女の人生もまだまだこれからだ。性急に答えを出す必要はない。

でも、わからないのだ。もし稀莉ちゃんが私に恋をしていて、私が受け入れてしまったらどうなってしまうのか。彼女とどういう関係になるのか。答えを出して「ハイ終わり〜」というわけにはいかない。

「うーん、開かないな。ふんっ」

迷っている、という言葉が正しいのかわからない。

ただ、今の気持ちを素直に答えてしまうのもきっと間違っている。

私は彼女と違って、ステージ上で高々と宣言、ぶちまけられない。

「あっ……あーあ」

私がぶちまけられるのは、新品のタレだけ。

「なかなか落ちないよね……」

汚れた服を見て嘆いても仕方ない。水を求めて、とぼとぼと歩き出した。


ジャー……。

一人悲しく水道でTシャツを洗っている。

新品のタレを開けた拍子に、盛大に中身をぶちまけ、白いTシャツを汚してしまったのだ。幸い周りには気づかれなかったので、恥はまだかいていない。

が、水に濡《ぬ》らしても汚れが落ちることはなく、どうやらこのまま笑われに戻るしかなさそうだ。

「何しているの？」

女の子に声をかけられ、振り向く。

そこには私を悩ませる人物、稀莉ちゃんがいた。

彼女は私の汚れた姿を見て、どっと笑い出す。

「あははは。ださっ、ははは」

「もう笑うなよ！」

「タレ溢《こぼ》すって本当、子供なんだから」

「おかんに子供って言うなよー」

「……何で私、こんな人好きになったんだっけ？」

「本当に……好きなの？」

「ふふっ……」

笑顔だけで返さないでくれ！　どっちなの？　揶揄《からか》われているの？　どういうことなの？

「しょうがないわね。私、イベントで貰ったTシャツ持っているわよ。貸そうか？」

「ぜひ貸してください！」

ニヤリと笑う。知っている、何かを企《たくら》んでいる顔だ。

「じゃあ交換条件で」

「しょうがない、皆に笑われてくるよ」

「せめて内容を聞いてからにしなさいよ！」

どうせロクなお願いじゃない。でもこのままの姿で戻りたくないのは確かだ。

「もうひとつ約束するから」

「もうひとつ？」

「私、色々とね、ラジオでは我慢するからさ」

「う、うん？」

「……だからデートして？」

果たしてそれは交換条件なのか。

色々と、ラジオで我慢する。

……色々とは何だろうか。稀莉ちゃん自身もただイチャイチャするラジオでは駄目だと思っているのだろうか。ただ、その分はけ口を、発散場所をラジオ以外で求める。『デート』という形で。

今さらだ。喫茶店に行ったのも、食事したのも、ネズミの国に行ったのも、全てデートだ。

でも、彼女にとっては違うのかもしれない。

単なるお出かけではなく、正しい意味で『デート』なのかもしれない。

正しい意味って何だ!?　自分の中でも考えがぐちゃぐちゃでまとまらない。

同業者には揶揄われるし、ラジオでは悪ノリしてくるし、稀莉ちゃんはやたら積極的に私に関わってくる。落ち着く暇がない。

だからといって勢いに流されてはいけない。この迷った気持ちに答えを出すには時間が必要だ。

だから、軽々と『デート』の提案を受け入れてはいけない。拒否すべきだった。

なのに、私は別の答えを出していた。

「わかったよ」

首を縦に振った。

「やった」

彼女は嬉しそうな笑顔をし、急いで替えのTシャツを取りに行ってくれた。

わかっているのに、わかっていない。わからないな、自分が……。

「はぁ……、まいっちゃうな」

言葉とは裏腹に口元が緩んでいる私に、まいってしまう。

第2章　虚空リフレイン

『彼女』は私の憧れだった。
眩しくて、どうしようもなく遠くて、手の届かない存在だった。
けど、彼女に手が届くとしたら。
『私』が『彼女』になれるとしたら。
そしたら、私は、私は。

……どう選択するのだろうか。

私のオタク部屋にまたグッズが増えた。
奏絵と一緒に出たイベントのTシャツを壁に飾り、奏絵考案のジョッキはペン入れとして机に置いている。イベントパンフレットは五冊もらい、鑑賞用二冊と保存用三冊として部屋に収納している。寝る前にパンフレットで奏絵の可愛い写真を見て眠りにつき、朝起きたら奏絵のカッコいい写真を最初に見て、眠気を吹き飛ばす。我ながらどうかしていると思う。

ラバーストラップの一ペアは机に飾っている。イラスト化された私と奏絵。デフォルメされたイラストだが、よく特徴は捉えられている。可愛い。見ていて思わずニヤニヤしてしまう。この顔は人前では見せられない。

私、佐久間稀莉は共演者で憧れの女性である吉岡奏絵に、ラジオのイベントで告白をした。「好き」と観客のいる前で大々的に宣言したのだ。

テーマパークに行き、お泊りするなど彼女との距離はどんどん近づいていった。だが、彼女は一人で悩み、どんどん不安定になっていた。だから私は彼女を安心させるために誓約書にサインさせ、落ち着かせようとした。契約して形に残すことで、彼女に消えない安心感を与えたかったのだ。

でも、彼女のことだ。十歳差の私に頼るなんて年上のすることじゃないとまた勝手に悩み、一人で頑張って、身を削って解決しようとし、精神をすり減らしていくだろう。紙切れ一枚じゃすぐに効力を失ってしまう。

だから私は告げたのだ。

形以上に消えない安心感を与えるために、彼女に憧れて声優になったこと、彼女が誰よりも好きだということを。

不安定で未来の見えない職業だ。でも、誰かの心に届くし、現に私は彼女のおかげで声優になったことを証明した。そして「好き」といってこれからも私が隣にいることを示した。

それも逃げられないように、私の想いが本気だということを示すために、大勢のリスナーがいる、舞台の上で伝えたのだ。おかげで一生消えることのない衝撃を与えただろう。

……どうかしていたと思う。どうかしているのだ。

安心させるだけなら、憧れを伝えるだけで良かったのだ。「好き」と言ったのは少々暴走しちゃったかもしれない。

――恋って怖い。

奏絵のことを考えると、私は私でいられなくなってしまう。奏絵の側にいたい。奏絵を誰かに渡したくない。奏絵に好きって言われたい。そもそも彼女ともう一度会うために声優になったのだ。もちろん、それだけの理由ではないけれども、彼女が夢のきっかけだった。彼女の隣に他の人はいらない。周りを牽制《けんせい》するための宣言だった。そう、仕方がないのだ！　奏絵を安心させるために、皆にわかってもらうためにはあのタイミング、あの発言しかなかった。最善の選択だったに違いない。

効果は私の想像以上だった。

奏絵のＳＮＳ、番組のＳＮＳは盛り上がり、というか炎上し、情報はリスナー外にもどんどん拡散されていった。あまりに情報が広がりすぎたので事務所には怒られ、奏絵の事務所にはお詫《わ》びを入れた。やりすぎたかもしれないが、ラジオの注目度は一気に高まり、人気も得た。奏絵に悪いイメージがついたらラジオで謝罪をする準備もしていたが杞憂《きゆう》で、ラジオ的にはおいしい展開で面白い放送ができたと自信を持って言える。

何より、奏絵が私のことを強く意識しているのがよくわかる。

「はぁー、奏絵に抱きしめられたい……」

私がイベントで奏絵への憧れエピソードを語った後、彼女は舞台の上で、大勢の前で私を強く抱きしめてくれた。人目をはばからず、長い時間強く強く。心臓が自分のものじゃないぐらい音を強く鳴らし、そして彼女の速い鼓動も聞こえた。今まで生きてきた中で一番の幸せな瞬間だったといっても過言ではない。あの日以来ベッドで思い出しては自分で肩を抱きしめ、ゴロゴロと転がること数百回。いまだに幸福の余韻は続いている。

それでもだ、彼女は言葉にしてくれていない。『好き』を形にしてくれない。あれだけのことをしてくれたのだ。好きじゃないはずがない……よね？　不安なのだ。契約書に記載させ、誓いをたててもそれでも不安。

「はぁー、奏絵に好きって言われたい……」

私にできることは、なお攻めること。もう後には退けない。後戻りはできないのだ。『好き』って言われるまで前に進むしかないのだ。

次のデートの約束もした。ふふ、今から楽しみだ。場所はすでに考えている。奏絵はどんな顔して楽しんでくれるだろう。

彼女といる時間は格別で、特別だ。

でも、私はあることから目を逸らしている。

奏絵に『好き』って言われたら私はどうなるのか、ということだ。言われた瞬間は嬉しすぎて、幸せすぎて、泣いちゃうだろう。想像するだけで顔が真っ赤になる。

違う、その後だ。『好き』と言われた私と彼女は何になるのか。

それは、それは、本当にいいことなのだろうか？　漫画やアニメ、映画の世界の物語みたいなことになっちゃうのだろうか。だってそれはあまりにも夢物語で、……恥ずかしすぎるっ！　そんな妄想が実現されてしまって良いのだろうか。そんな理想が本当になったら私は毎日幸せすぎて、どうにかなってしまわないだろうか。

「ぐへへ……」

乙女にあるまじき声が出た。うん、今考えるのはやめよう。そうなった時の私がきっと上手《うま》くやってくれるだろう。頑張ってくれるよね？

ずっと考えていたら、奏絵に会いたくなった。電話番号を手に入れてはいるが、ステージで大胆に告白する勇気はあるくせに、いまだ電話はかけられないでいる。

「はぁー、奏絵の声が聞きたい……あっ」

思い出した。今日は奏絵が別番組のラジオにゲスト出演する日だった。危うく妄想でリアルタイムを逃すところだった。

アプリを立ち上げ、奏絵の写真を片手に持って準備完了。

時計が変わるのを今か今かと待ちわびる。このドキドキはリアタイだけのものだ。時間が進み、音楽が流れる。

そしてイヤホンからは奏絵とは違う、甲高い声が聞こえてきた。

＊　＊　＊　＊　＊

梢「あなたにエールをあげるよ。新山梢のコズエール！」
梢「こんにちは。最近、雨ばかりでイヤイヤな気分な梢ですぅ。でも今日はそんなどんよりした気分を吹き飛ばすっ、ステキなゲストしゃんが来てくれています。どうぞ〜」
奏絵「こんにちはー、『吉岡奏絵と佐久間稀莉のこれっきりラジオ』から来ました、吉岡奏絵です！」
梢「わー、よしおかんしゃんー」
奏絵「どうもどうも」
梢「よしおかあさんは、とてもカッコいい人なん」
奏絵「って、おかんじゃなくて誰がお母さんだ！」
梢「ひっ、ひえええ、ごめんなさああい」
奏絵「あ、そういうつもりではなくて、ツッコミで」
梢「そ、それがこれっきりラジオのノリなんですね」
奏絵「そう言われると困るというか」
梢「ひえええ、ごめんなしゃい」
奏絵「いやいや、大丈夫、大丈夫だから！　梢ちゃんは、あ、呼び方は梢ちゃんでいいかな？　呼んでほしいニックネームある？」
梢「そうですね……、こずこず、こずっち、にいやまんはどうでしょうか。シンプルに梢ちゃんが一番多いですぅ」
奏絵「じゃあ梢ちゃん呼びにしようね」
梢「わーい、ありがとうございます！　こっちからはよしおかんしゃんでいいですか？」
奏絵「うん、いいよ、梢ちゃん」
梢「ふふ、よしおかんしゃん。いつも一人ラジオなので、こうやって話せるのは嬉しいですぅ」
奏絵「楽しいラジオにしようね、梢ちゃん」
梢「はい、よしおかんしゃん」
奏絵「ふふ、なんだか面白いね」
梢「なにがでしゅか？」
奏絵「ううん何でも。頑張ろう梢ちゃん！」
梢「もちろんですぅ～」
梢「この番組は毎日を明るく、元気にする、エネルトの提供でお送りいたしますぅー」

＊　＊　＊　＊

「……」

思わずパソコンの電源を切ろうとした右手を、左手でがしっと摑《つか》み、阻止する。

何よ、私以外の女とイチャイチャして……。

『彼女』は枷《かせ》で、重荷。
『彼女』がいなかったらと何度も思った。
『彼女』は迷惑な奴だ。その存在を無視することができないほどに大きい。
でも、知っている。心の底から『彼女』を愛していると。

マウンテン放送の収録現場。訪れた場所はいつもと同じだが、中にいた人はほとんどが初対面の人である。

「おはようございます、93プロデュースの吉岡奏絵です！」

女性スタッフが「こちらです」と案内してくれる。知っている場所だが、いつもと違う雰囲気やスタッフに、少しばかり緊張する。

本日の収録は合同イベント宣伝の一環として、別番組へのゲスト出演だ。「これっきりラジオ」の二人でなく、私一人。今日は私の隣に稀莉ちゃんはいない。

予習を事前にしてくるつもりだったが、あちらの番組から予習禁止令が出たので準備できていない。準備されたものより、その場の生々しい反応を見たいとの要望だった。そして何度か見かけたことはあるけど、共演相手についての情報も不足していた。

「わー、よしおかんしゃん、ようこそ！」

ブースに入り、真っ先に挨拶をしてきたのが、その共演相手の女の子だった。

新山　梢。

一五〇㎝ない、ミニマムな背の高さに、あどけない顔。中学生といっても通じそうだ。そしてその見た目以上に甲高い、甘い声。簡潔に言えば、ロリ。

「お邪魔します、新山さん」

だが稀莉ちゃんよりも年上で、二十二歳なのだ。容姿に関しては十七歳の稀莉ちゃんの方がずっと大人に見える。

「来てくれて嬉しいですぅ。ずっとよしおかんしゃんと話してみたいと思ったんですぅ」

「ほんと!? 嬉しいなー」

どうぞどうぞと促され、正面の椅子に座る。目が合うとニコニコと微笑《ほほえ》んでくれ、思わず照れてしまう。

……可愛い。初対面最悪の稀莉ちゃんとは違って、ものすごく歓迎してくれている。ゲストの誰にでも同じことをするのかもしれないが、それでも歓迎ムードに安心する。

「あっ、これ。つまらないものですが」

最寄り駅で買ってきたマフィンの箱を渡す。一つの箱に三つを、三箱。計九個である。箱を開けると、新山さんの顔がさらにパァーっと明るくなった。

「ありがとうございますですぅー。私、お菓子大好きで大好きで！　早速食べましょう！」

「いやいや、打ち合わせ始めようか！」

「そ、そうでしたぁー」

このままお茶会が始まってしまっては困る。あくまで仕事なのだ。

構成作家さんとスタッフさんも着席し、新山さんがゆるく掛け声をかける。

「では打ち合わせを始めましょう〜」

と、打ち合わせは始まったものの、話す内容は、

「猫さんがかわいくて、ずっと喋《しゃべ》っていましたぁー」

「猫語で？」

「ニャアニャアですぅ」

「ははは」

「猫さんといえば、豪徳寺に招き猫さんがたくさん置いてあるお寺があるんですぅー。こないだ行ってきて、可愛くてー」

「へー、見てみたい」

「これが写真ですぅ——」

蕩《とろ》けてしまうような、癒される話ばかり。打ち合わせが始まったはずなのに、内容には一切触れず、変わらず世間話が続く。そして、

「モグモグ」

新山さんはけっこう食いしん坊だ。私の持ってきたマフィンはすぐに無くなった。部屋には六人しかいないので、三個余るはずなのだが、残りは彼女のお腹の中に消えていた。さらに計四個もマフィンを食べたはずなのに、今はドーナッツをパクパクと幸せそうな顔で食べている。

「新山さん、よく食べるね……？」

「甘いもの大好きなんですぅー」

この子は甘いもの成分で構成されているのだろう。くっ、こんなに食べているのに全く太っていない。アラサーの私には真似《まね》できない食べっぷりだ。若い、成長期？　の稀莉ちゃんでもこんなに食べないぞ。

さて、話し始めて三十分以上経《た》つが、台本はいまだに一ページも読み進んでいない。

「わー、よしおかんしゃんのマニキュア可愛いですね」

「あっ、これ？　こないだのイベントに合わせて、お店に行って塗ってもらったんだ」

「ブルーのグラデーションが綺麗ですぅー。小さいお星さまも可愛い」

細かい所によく気づく。「これっきりラジオ」では特にオシャレについて何も言われないので、というかジャージで収録するなどオシャレをするという概念を見失っているので、褒められるのは新鮮だ。別に気づいてほしくてオシャレしているわけではないが、ちょっとした違いへの気づきはオシャレした甲斐《かい》があるってもんだ。素直に嬉しい。

稀莉ちゃんは容姿に関してはほとんど何も言ってくれないからな。ちょっとした変化に絶対に気づいているはずなのに褒められた記憶がない。デートの時は言ってくれたっけ？　それぐらいしか覚えていないぞ。この短い時間で、新山さんの女子力の高さが垣間《かいま》見《み》える。

「ふふ、お話楽しいですねー」

「そ、そうだね」

うちのラジオも打ち合わせは台本が真っ白で内容が無いけど、こっちのラジオも大概だ。構成作家さんも「うん、うん」と私たちの会話を嬉しそうに頷くだけで、特に指示はくれない。

事前に貰っていた台本には細かい順序、話すお題がきっちり書かれていたので、打ち合わせで改めて確認するんだろうなと思っていた。けれども一向に確認する気配がなく、拍子抜けしている自分がいる。現場によってラジオ番組って全然違うな。

そして、嫌なことにも気づいてしまった。

新山さんを稀莉ちゃんと比較している自分がいる。

稀莉ちゃんなら、こう言う。稀莉ちゃんなら、こうする。稀莉ちゃんなら、稀莉ちゃんだったら……。それが新山さんだから、というわけではないと思う。違う人でもきっと同じように考えてしまう気がする。

「そろそろ収録始めましょうか」

「はぁいー」

構成作家さんが気楽に告げ、新山さんが返事をする。

違和感がある。けして居心地が悪いわけではない。むしろ居心地はよい。

でも、しっくりこない。

それは何故か。……すぐに答えがわかってしまう自分も怖い。

稀莉ちゃんが隣にいない。

隣に彼女がいる当たり前を、平穏を、安心を自覚させるために、思い知らせるために、植島さんは修行に出したのだろうか。そこまで考えていたなら恐ろしい。反省とかこつけて、今までのありがたみを知る機会を与えたのか。


「あなたにエールをあげるよ。新山梢のコズエール！」

こうして表向き明るいが、どこか乗り切れていない私のゲスト出演はスタートしたのであった。

梢「それでは、コーナーに行きますぅ」
奏絵「わー」

＊　＊　＊　＊　＊

梢「あなたにコズエール！」

梢「こちらのコーナーでは、私、新山梢がリスナーさんを励ますコーナーですぅ」
奏絵「なるほど、失敗したり、悩んでいたりするリスナーさんを元気づけるんだね」
梢「その通りー、エールあげちゃいますぅ。でも今日はよしおかんしゃんにもやってもらいますね」
奏絵「私がエールか……ビールしか思い浮かばない」
梢「ビール？」
奏絵「ごめん、それは違うエールだった」
梢「エールというのがあるんですねー」
奏絵「発酵によって呼び方が変わるんだ」
梢「ふえー、お母しゃん物知りですぅー」
奏絵「お母さんじゃないって！」
梢「ふふふ、二回目は大丈夫ですぅ」

奏絵「耐性ついてる⁉　梢ちゃんはお酒飲む？」
梢「そこそこですぅー、カクテルやサワーを数杯飲むぐらいですぅ。よしおかんしゃんみたいに樽《たる》ごと飲んだりはしましぇん」
奏絵「私のイメージ！　誰から聞いたのかな……？」
梢「ふえええ、おかんしゃん、顔が怖いですぅ……」
奏絵「さてさてコーナーに行かないとね。まずは梢ちゃんからお手本を見せてもらいましょう」
梢「はーい、任されましたぁ。子豚ネーム『マッチ売りの」
奏絵「ちょっと⁉」
梢「ど、どどうしたんですか、よしおかんしゃん⁉」
奏絵「子豚ネームって？」
梢「子豚ネームはラジオネームのことです、よ？」
奏絵「いやいや、可愛く首を傾《かし》げても！　え、リスナーさんは豚なの？」
梢「豚さんじゃありません、子豚さんですぅー」
奏絵「豚と子豚の違いのこだわりはわからないけど、それでいいの？」
梢「子豚さん可愛いじゃないですかぁー」
奏絵「そうかな……？」
梢「えー、リスナーさんも喜んでくれていますよぉ」
奏絵「それは別の意味で喜んでいるのでは」

梢「別の意味？」

奏絵「あー、梢ちゃんは純粋なままでいてね！　どうぞ、続きどうぞ！」

梢「はい、読みます♪　子豚ネーム『マッチ売りのガラスの靴はもう竜宮城の竹の中』さんからですぅ」

奏絵「詰め込みすぎ！」

梢「詰め込みすぎぃ？」

奏絵「ごめん、つい突っ込む癖が。続けて」

梢「『文化祭で告白をしたのですが、振られてしまいました。学校へ行くのが辛いです……。立ち直るエールください』」

奏絵「あらあら、失恋」

梢「かわいそう。梢には難しい質問ですぅ……」

奏絵「ここは、星の数ほど女性はいるぜ！　気にすんなよ！　と軽い感じでいいのでは」

梢「駄目ですぅ。星の数ほどいても星には手が届かないんですぅー」

奏絵「辛辣!?　ぬぬぬ、まだ学生なんだし、これからいくらでも恋愛はできるさ」

梢「そうですね、さすが恋愛マスターですぅ」

奏絵「違うよ、恋愛マスターなんかじゃないよ!?」

梢「こないだ告白されたって聞きましたぁー」
奏絵「その話は止めようか!?」
梢「えぇ〜梢、よしおかんしゃんの恋愛事情聞きたいですぅ」
奏絵「竹の中さんが答えを待っているよ！」
梢「そもそも竹の中の子豚さんは男性なんでしょうか」
奏絵「ラジオネームに子豚が追加されている!?　確かに。女性なのかな？」
梢「梢は女の子と女の子の線を推しますぅー。どうでしゅか、百合ラジオのよしおかんしゃんは？」
奏絵「百合ラジオじゃないから！　えーっと、性別関係なく、人を好きになることは素敵なことで、告白したことは立派だと思うよ。だから誇っていいと思う」
梢「なるほど〜。さすが最近告白された恋愛マスターさんでしゅ」
奏絵「違うって、え、あ、自分のことじゃないから、もう！」
梢「しょうですか……梢は恋愛わからないけど、落ち込んだ時にすることありますぅ」
奏絵「なるほど、それが答えでいいんじゃないかな」

梢「落ち込んだ時は、甘いものを食べれば幸せになれますぅー」

奏絵「……落ち込んでいなくても、甘いもの食べていたよね？」
梢「だから梢は毎日ハピハピライフですぅ」

＊　＊　＊　＊　＊

「楽しかったですぅ、よしおかんしゃん」

「どうもどうも。私も楽しかったよ、梢ちゃん」

予習禁止な上に、台本の読み合わせも打ち合わせもまともにしないで不安な私だったが、特に問題なくラジオの収録を終えた。普段一人ラジオなので、最初はツッコミに怯《おび》えていた彼女であったが、途中からは慣れたのか、私のツッコミにも微笑んで返してくるようになった。それもどうかと思うが、結果面白い収録になったと思うので文句はない。

しかし色々なラジオがあるものだと改めて実感させられる。私は常に面白いネタ、話題を必死に探しているのに、梢ちゃんだと普通のこともほわほわした甘い声で言うだけで番組が成り立ってしまう。

――属性の違い。

癒しラジオにネタのキレ、爆笑する話題は必ずしも必要ではない。梢ちゃんがただそこで話すだけで、癒しラジオが成り立ってしまう。圧倒的個性、これも才能だ。

「今日はありがとう、梢ちゃん。勉強になりました」

「そんなことないですよぉ～、私こそお勉強になりましたぁ」

イベントを成功させたからといって自惚《うぬぼ》れてはいけない。人気ラジオになれたといっても今は炎上の力を借りているだけ。まだまだ面白い番組にしないと！　と気合を入れ直す。

「あのあの、この後はお仕事ですかぁ？」

「うん？　今日はこれで終わりだよ」

彼女の顔がぱあーっと明るくなる。

「じゃあ、ご飯でも行きませんかぁ？」

「えっ、まだ食べるの？」

マフィンにドーナッツに、さらにまた別のお菓子にも手を出していたのに、この子まだ食べるのか？

「そ、そうでしたよね。たくしゃん食べましたよね……ではまた今度」

「いやいや、少しぐらい大丈夫だよ！　そう、喫茶店とかならいいよ」

暗い顔に光が戻る。コロコロと顔が変わる、可愛い子だ。

「わーい、行きましょう」

誘われるのは嬉しい。あんなにラジオで話したのに、まだ話し足りないと思っているなんて光栄なことだ。


収録現場から少し歩いた場所にある喫茶店に入った。テーブル席の対面に座る彼女はニコニコとした顔で、甘いフラペチーノを飲んでいる。本当に幸せそうだ。笑顔の女の子を見るのは、心が浄化される。

「梢ちゃんはどんな役が多い？」

「役ですかぁ。口下手の女の子だったり、ほわほわした女の子だったり、動物なんかも最近やりましたぁー」

「動物役ってすごいね」

「普通に人の言葉を話す動物さんだったので、そんなに難しくなかったですぅ」

「そうなんだ～」

「でもでも強気な女の子もやってみたいですぅ。ボーイッシュな感じやりたいですー」

「梢ちゃんが強気な女の子かー」

「おうおう～、舐《な》めてんじゃねーぞぉ」

「駄目、それじゃ可愛すぎる」

「そうですぅか……」

そんなカワイイ声でキレられても全然怖くない。逆にそれがいいのか？　キレキャラなのに萌え声。うーん、難しいかな……。

「よしおかんしゃんは似合いますよねぇ。こないだやっていたハーレムアニメの強気な女の子も良かったですぅ」

「見てくれたんだ、ありがとー」

「主人公の前では威勢がいいのに、急にシュンとするのが可愛かったですぅー」

「どうも。よく見ているね……照れる」

「ふふふ、けっこうアニメはチェックしていますよぉ～。おかんしゃんも幅広い役できますよねー。

でもやっぱり空音さんが一番よしおかんしゃんっぽいですかね」

「よく言われる。というか見ていたの、空飛び？」

「はい、もちろん！　小さい頃からアニメ大好きなんですぅ。当時は高校生だったかな？　リアルタイムで見ていたはずなんですが、後々よしおかんしゃんがやっていたって知りましたぁ」

「空飛びの少女」が放送されたのは六年前。私が大学生だったので、年下の梢ちゃんも当然学生だったはずだ。

『空音』は、私が「空飛びの少女」で演じた主役だ。「空飛びの少女」のアニメは元からの原作人気もあり、かなり売れた。おかげで「空飛びの少女」の主役を演じた吉岡奏絵、といえば紹介に困ることはない。それほど影響力があり、知名度のある人気作品なのだ。

けれど、アニメの出来もよく、ディスクも売れた「空飛びの少女」であるが、二期はつくられなかった。制作事情か、出版事情か、理由は知らない。原作は無事に完結したがアニメ化されたのは半分以下の五巻までだ。ストックは十分にあったにもかかわらず、続編はつくられなかった。そして私は一発屋となった。

「空飛びの少女」の二期があったら、また空音を演じられていたら、私は落ちていくことはなかったかもしれない。

けど、そんなのは空虚な妄想だ。仕方がないこと。私の力だけでアニメができるわけではない。皆の努力の集合体なのだから。

「あの頃、見ていたアニメの声の人に会えるなんて嬉しいですぅー」

嬉しい言葉だ。だが、その感情が振り切れた人間が近くにいるので、下手に喜ぶことができない私もいた。

◇　◇　◇

「新山梢のコズエール！」へのゲスト出演も終わって数週間、十月も半ばとなった。

葉は色を変え、カーディガンを羽織らないと寒いと感じる季節になり、街ではハロウィンの飾りが目立つようになった。それも終わればクリスマス商戦で賑《にぎ》わい、そして今年が終わるのか、と気分が少々憂鬱になる。時が流れるのは仕方がないことだが、歳《とし》はとりたくない。

「吸血鬼になって不老不死になれないだろうか？」と思うあたり、私もハロウィンを流行《はや》らせようとする謎の団体の影響を受けていると感じる。普通に生きているようで、何かに影響を受け、毒され、誘導されていく。悪いことばかりじゃないけどさ。私だってラジオで影響を与える側だ。

駅から歩いたので体は程よく温かくなった。寒いと声は出ないのだ。駅から歩くのはウォーミングアップで、その段階で仕事はもう始まっていると言える。大事、準備運動大事。

息を整え、いつもの扉を開ける。

「お疲れ様でーす」

「よしおかんさん、お疲れっすー」

「お疲れさまー」

見知った収録現場で、顔なじみの番組スタッフ。うん、落ち着くな……。つい感傷に浸ってしまう。

「何突っ立てるのよ、よしおかん」

振り向くと彼女が私の後ろにいた。

「お疲れ、稀莉ちゃん」

「うん、お疲れ」

約束をしたからか、前みたいにそっけない態度の彼女だ。それはそれで物足りないなと思ってしまうのは欲張りか。攻めてきたら、私は避ける癖に。……もう少し寒くなったら、抱き着くのは許可しようか。あくまで暖をとるために。

収録ブースに入り、打ち合わせが始まる。

「はいはい、今日も頑張っていこう」

何日か帰っていないのかと思ってしまうほどに髭《ひげ》が伸びたままの、植島さんが合図をする。しかし、開く台本はほぼ真っ白だ。コーナー名だけ書かれている。あーやっぱりこれだ、これ。

「うふふ、落ち着くなー」

「何がよ！　真っ白なページを眺めて何が楽しいって言うの？」

ラジオの相方に不気味がられる。

この現場では台本が意味をなさない。予習の必要はなく、打ち合わせの雰囲気から、そのまま収録に繋《つな》がるのだ。ほぼアドリブ。だからこそ、素の自分が出せるのかもしれない。

練習すれば型に嵌《は》めてしまう。演じ切ろうとしてしまう。ならば、そうさせなければいい。植島さんのスタイルも、慣れてしまえば心地よい。パーソナリティの負担は大きいけれども、真剣に考えるし、きちんと向き合うことができる。

「あー、今日は台本いらないから」

「知っていますよ、植島さん。いつもでしょ」

「あれ、そうだっけ？」

とぼけるあたり、意図的なのか、天然なのかは判断しづらい。結果的には有能な人なのは知っているけどさ。

「今日は新コーナーに山ほどお便りが来たんだ。だから一本目は全部そのコーナーにする」

「え、かなえたい？」

「そう、その新コーナー」

スタッフさんにより、本当に山盛りのお便りが机に積まれる。

そして、今日も予測のつかないラジオ収録が始まるのだ。

＊　＊　＊　＊

稀莉「本日は、新コーナースペシャルです。嬉しいことに新コーナーの告知をした後、山ほどお便りがきました」

奏絵「ええ、ドン引きするほど沢山きました。皆、私をいじめるの楽しいの？」
稀莉「そんなことないわ。私が笑顔だと、よしおかんも嬉しいでしょ？」
奏絵「そ、そうだけど、その代償として我が身を削るはめになるし」
稀莉「今日は他のコーナーをお休みし、ひたすら新コーナーをやります！」
奏絵「私を削りカスにする気か！」
稀莉「もううるさいわね、始めるよ」
奏絵「帰らせてー！」

稀莉「稀莉ちゃんの願い、かなえたい！」

奏絵「『稀莉ちゃんの願い、かなえたい！』のコーナーは、佐久間稀莉が吉岡奏絵と結ばれるために、いや何で私が読んでいるのかな……えーっとリスナーさんにプレゼンしてもらうコーナーです。
稀莉ちゃんのためになるなら、何でもオッケーのヤバいコーナーです」
稀莉「そう、何でもありです！」
奏絵「却下したけどさ、家庭訪問とかお弁当作ってくるとか無理だから！　私に何を望んでいるの！　そして音声のラジオだと伝えづらい内容！」
稀莉「個人的に家庭訪問したいと思います」
奏絵「おいおい」

稀莉「さぁ一通目。どんどん行くわよ。『デジタルデジマニア』さんから」
奏絵「えっ、文字以外に写真や、これは間取り図？」
稀莉「そう、デジタルデジマニアさんはプレゼン資料をつくってくれました」
奏絵「本気出さないで！」

稀莉「『佐久間さん、よしおかんさん、こんにちは。私が、ご提案するのは二人の愛の巣です。仲を縮めるには一緒に住むのが一番。そこで私は種子島《たねがしま》の一軒家をご紹介いたします。種子島は鹿児島県にある、南の島です。間取り図をご覧ください。倉庫を含めると八部屋ほどあり、二人で暮らすには十分すぎる大きさで、お友達を呼んで、部屋を貸すなんてこともできます。菜園もあり、駐車場も三台以上可。そして何と「店舗」つきなのです。元々はお店だった場所で、ここを少し改装するだけで「これっきりラジオ公式ショップ@種子島店」がすぐに開けます。「種子島なんて東京から遠すぎて、もう声優の仕事ができない」、そんな心配いりません！　そう、種子島には宇宙センター、ロケットの発射場があるのです。ロケットに乗って東京までひとっ飛び。関係者さんと仲良くなれば、東京への移動の心配はありません。綺麗な海に囲まれた自然豊かな島で、サーフィン、スキューバダイビングや釣りを楽しみ、菜園畑で野菜を育て、収穫し、鉄砲伝来の地で陶芸に勤《いそ》しむ、そんなスローライフな生活はいかがですか。ぜひご検討ください。良い返事お待ちしております』」

奏絵「長い！　長すぎ!!　そして、この熱量。本業の人？　でも、ロケットの所は突っ込まずにはいられない！」
稀莉「いや～素晴らしいお便りですね。こういうのを待っていました」
奏絵「待ってない！　予想外すぎるよ！」
稀莉「でも島暮らしって憧れるわね。私、都会育ちなんで」
奏絵「確かに。私、青森生まれ青森育ちなんで、南の島は憧れるねー。それに家庭菜園か……正直ありだな。陶芸もしてみたい」
稀莉「電話番号ものってるわね、早速」
奏絵「まて、待てい！　声優の仕事を続けるのに、東京を離れるのは無理だから」
稀莉「そうね、毎回ロケットでは高いものね」
奏絵「そんな通勤感覚でロケット飛ばせないからね!?」
稀莉「引退して、おばあちゃんになったら考えましょう」
奏絵「老後に南の島か」
稀莉「よしおばあちゃんや、ミカンが食べたいのう」
奏絵「誰がおばあちゃんだ！」
稀莉「はいはい、都内でお勧めのお家《うち》待っていますー」
奏絵「都内でも一緒に住むつもりないからね!?」

稀莉「はい、次は『アルミ缶の上にあるぽんかん』さん。あるポンね。『キリキリ、よしおかん、こんばんはー。グッとくる行動は耳元でささやくことだと思います。耳って弱いですよね。それが声優さんの声だったらもうイチコロです。ぜひ耳元でささやいてあげて下さい』」
奏絵「え、私ささやかれるの？」
稀莉「それもいいと思ったけど、今日は私がささやかれたいと思います」
奏絵「え、私がささやくの？」
稀莉「そう言っているでしょ？　はい、スタッフさん、準備お願いしますー」
奏絵「準備？　おお、収録ブースにあったアレを使うの？　あれが道具だったの？」
稀莉「さぁ、ささやかれるわよー」
奏絵「今日一の笑顔だよ、この子！」

◇　◇　◇

奏絵「で、これは何でしょうか」
稀莉「ダミーヘッドマイクよ」
奏絵「あーこれがダミヘというものか〜」
稀莉「そう、これがあれば臨場感のある立体音響を届けることができるの！」

奏絵「へー、何々、バイノーラル録音っていうみたいですね。イヤホン、ヘッドフォンで聞くことが必須だそうです。右耳、左耳できちんと音が分かれるのだと、凄い！」
稀莉「さぁ、やるわよ。早くやりなさい、よしおかん！」
奏絵「待って、待って、まだよくわかってないんだから」
稀莉「ヘッドフォン装着したわ」
奏絵「気が早い！　もう仕方ないな……。ともかくこの顔のマイクに向けて喋ればいいんだね」
稀莉「わくわく」
奏絵「えーっと、植島さん何処《どこ》まで近づいていいんですか？　本当に耳元で囁《ささや》くぐらい近づいてオッケー？　このモアイ顔のマイクに近づくのはちょっと抵抗あるなー、よしっと」

奏絵『稀莉、ちゃん』
稀莉「ふにゃあああああ」

奏絵「え、どうしたの稀莉ちゃん、机に突っ伏して」
稀莉「やばい、これヤバい。奏絵の声が耳元で聞こえて耐えられない」
奏絵「えーっと続けていいんだよね？　まだ全然喋ってないよ」
奏絵『今日も可愛いね。ふふ、サラサラな髪だ』

稀莉「プルプル」
奏絵『稀莉君、今日は大事な話があるんだ、聞いてくれるかな』
稀莉「ん、うん」
奏絵『ふ――』
稀莉「ふにゃあああああああああ」
奏絵『ふ――』
稀莉「やめてえええええ」
奏絵「ごめん、ちょっと楽しくなってきた。じゃあ、次は左耳に」
稀莉「無理、無理。これ無理」
奏絵『稀莉君、最近冷たいよね。寂しいな』
稀莉「そんなことない……」
奏絵『私はこんなに稀莉君のこと、想っているのに』
稀莉「ふにゃあああ」
奏絵『あれ稀莉君、顔伏せてどうしたの？　寝ちゃった？　もっとお喋りしようよ。ふふ、す・き』
稀莉「ふ、ふ、にゃ、にゃ」
奏絵『好きだよ、稀莉君』
稀莉「ふにゃああああああああああああああぁぁぁぁぁ……」

奏絵「はいはい、終了！　だ、大丈夫、稀莉ちゃん？」
稀莉「……あかん」
奏絵「何故、関西弁！」
稀莉「耳が蕩けそうだった……。奏絵がいた。奏絵が耳元で囁いていた。破壊力半端ない。ダミへしゅごい……」
奏絵「稀莉ちゃん、よだれ垂れている！　お見せできない顔になっているよ。はい、タオル」
稀莉「奪われちゃった……」
奏絵「語弊のある言い方するなー！　よだれ拭くよ、ごしごし」
稀莉「あ、ありがとう」
奏絵「そんなに凄いんだね、稀莉ちゃんずっと大声で反応していたよ」
稀莉「植島さん、よしおかんの声だけ抽出した音源くれないですか？」
奏絵「あげなくていいよ！　おい、商品化しようかとか言い出すな！」
稀莉「リスナーさん、ダミへ収録ＣＤ商品化希望のお便り待っています」
奏絵「君たち、送ってくるんじゃないぞ！　これはフリじゃないから‼」

＊　＊　＊　＊

「ヤバかった」

一本目の収録が終わって、稀莉ちゃんが一言、そう述べる。

「そんなに凄いんだね」

「あんたもやればわかるわよ、やってみなさい」

「えー、私はいいよ」

「いいから、まだ時間はあるわよね、植島さん？」

植島さんが指で丸をつくる。これはやる流れか、仕方ない。

「えーと、私はヘッドフォンを装着していればいいんだね」

「うん、私が喋るから、覚悟しなさい」

何を覚悟するというのか。

「じゃあ僕らは外で休憩しているからご自由にどうぞ」

「って、え、スタッフさんたち出ていかないで！」

「や、やるわよ」

「そんな畏《かしこ》まらなくていいから！」

収録ブースに二人きりになる。ナニコレ。空気読まれたの？　その気遣いはいらんぜよ。

『奏絵、奏絵』

「おぉ」

右耳から稀莉ちゃんの囁く声が聞こえる。こそばゆい。耳がムズムズする。

『ハロー、エンデバー。聞こえていますか、私はここです。ハロー、ハロー』

「聞こえているよ！」

ヘッドフォンをしているので、自分がどのぐらい大きな声を出しているのか、わからない。

『ふー』

「うひっ」

耳に息を吹きかけられ、実際にされたかのように体がびくっと反応する。

確かにこれはヤバい。

『あのね、相談があるの』

声が左耳に移る。

『電話しても迷惑じゃない？』

「……迷惑じゃないよ」

わざわざダミヘでいうことだろうか。

『毎日したら迷惑だよね？』

「うん」

『だよね……。週一ならいい？』

「う、うん」

『ふふ、やったー』

毎日はさすがに辛い。承諾したら本気で毎日してきそうだ。カップルでも毎日は電話しないだろう。いや、私と稀莉ちゃんがそういう関係である、というわけではないけど。

『それで、本題です』

「お、おう」

何故、私はヘッドフォン越しで話しかけられているのだろう。そして、ヘッドフォン越しだと稀莉ちゃんが丁寧な口調で違和感がある。

『奏絵はわかっていません』

「え」

『私の好きをわかっていないです』

好きを、わかって、いない。

「どういうこと？」

『私は奏絵が好き』

「それは……」

『憧れであり、人としても尊敬している』

でも、と言葉が続いた。

『それだけじゃありません』

それだけって何？　聞かないことはできた。なのに、私はヘッドフォンを外すことはできなかった。

『私は奏絵に恋している』

耳元にしっかりと届く。甘い声が鼓膜を突き破り、頭の中で反芻《はんすう》する。

「……どうして、私なの？」

『奏絵だからよ』

彼女の秘めた思いは、ステージ上で、一番近くの隣で聞いた。

私、だからか。

「そっか、そうなんだ」

彼女の好きの種類を知ってしまった。

そして私は、私は……、

ガチャッ。


「はいはい、二本目行こうかー」

植島さんと共にスタッフさん達が戻ってきて、罰ゲームから解放される。

「どうだった、ダミへの感想は？」

「ヤバいですね、本当に近くにいるかのような臨場感がありますね。バイノーラルのＣＤが売れるのもわかります」

変なテンションになっているのはわかる。

恋をしている。恋。稀莉ちゃんが、私に恋。

言葉は呪いとなり、私から離れない。

◇　◇　◇

「瑞羽《みずは》、あの時はありがとうね」

稀莉ちゃんの『好き』の種類、『恋』を知ったダミへ収録回から三日が経っていた。

別のアニメ収録だったが、会場入口でバッタリと同期に出会い、せっかくだからとお茶をすることになった。瑞羽には番組単独イベント前、情緒不安定になっていた私の相談に乗ってもらい、そしてあろうことか稀莉ちゃんを召喚して、誓約書を結ぶことになり……、あれ？　これ新手の詐欺じゃない？　ともかく迷惑をかけ、お世話になったのだ。

「ここは私のおごりでいいから」

「わーい、じゃあ一番高いケーキセットを頼もう」

「……給料日前なので」

「わかっているよ、ほどほどに」

同期の西山《にしやま》瑞羽。私と同じ養成所に通い、声優になった女性だ。

「それにしても、イベント大盛況だったみたいだね」

「……おかげさまで」

「あはは、その反応は本当に本当なんだ。佐久間さん凄いね！」

「おかげで大炎上したよ」

「ははっ、すご」

「笑い事じゃないよ〜」

笑いすぎだ。ひかりんといい、揶揄いすぎだ。「腹痛い」とか言っているんじゃない。

「でも炎上が鎮まってよかったね」

「鎮まったのかな……」

ラジオのコーナーも悪ノリしている始末だ。余計に悪化している気がする。

そして、彼女の気持ちが本気だと知ってしまった。

「……奏絵、また悩んでいる？」

「悩んでいるというか、うーん悩んでいるんだけど、うまく言葉にできなくて……」

「私にも言えない？」

相談に乗ってくれるのは嬉しいが、こればかりは自分で解決したい。

自分の気持ちは自分でハッキリとさせたい。稀莉ちゃんはまっすぐに自分を見てくれたのだ。私も真摯に向き合いたい。

「ごめんね」

「ううん、しっかりと悩めよ乙女」

「悩みすぎないようにするよ」

「それがいい。あっそうだ、悩んでいるなら近くのここに行ってみたら？」

そういって彼女は携帯で操作し、ここから歩いてすぐの場所を伝えてきた。

「神社か……階段ながっ！」

この後に仕事がある瑞羽と別れ、私は彼女の提案した場所に一人で来た。

東京タワーも近い都会の一角に、このような場所があるなんて知らなかった。

長い階段は出世の階段、と呼ばれているらしい。標高二十六メートルほど上った先に神社があるみたいだ。

「全部で八十六段か……」

それなりの覚悟が必要だ。覚悟のない私にはちょうど良いか。

「階段を上ればすっきりするかな」

悩んだら体を動かせとよく言われる。筋トレでメンタルも鍛えられるっていうからね。

ゆっくりと足を踏み出す。

「ほっ、ほっ……」

一歩一歩上りながら考える。

『私は奏絵に恋している』

その言葉は嬉しくて、輝いていて、眩しすぎた。

あの日から三日経っても耳から離れず、ノイズは混じらずクリアなまま聞こえてくる。

恋する彼女に私は……。

「はぁ……」

階段を上り切り、息を整える。かかった時間は数分だったが、傾斜はきつかった。学生の時なら部活のいいトレーニングになったかもしれないが、アラサーには厳しい。

せっかく来たので中もうろつく。

「へ～」

看板にはここに祭られている神様についての説明があった。

防火の神様、がいるらしい。なるほど、炎上声優の私にはちょうど良いかもしれない。

少し歩くと池には錦鯉《にしきごい》がいた。近くに寄ると餌をくれるのかと勘違いしたのか、水面から顔を出してきた。口をパクパクとさせ、餌を求める。

「元気な鯉《こい》、だ」

鯉。……恋か。

恋と告げられたからには返事をしないといけないだろう。それにデートの約束をしたのに、まだ行けていない。

すべきことはどんどん増えていく。

「あれっ」

携帯電話が震えた。

画面を見ると、稀莉ちゃんからの電話だった。電話ＯＫを伝えてその日のうちにかかってくると思ったが、ちょっと日が経ってからの連絡だった。

無視することもできたが、私は画面を押した。

「はい、吉岡で」

『下品ラジオ、最悪だったあああ』

開口一番、叫ばれた。

『もう何なの⁉　あいつら最低なんだけど！』

「今日だったんだね、ゲスト出演」

先に私は『新山梢のコズエール！』にゲスト出演したが、稀莉ちゃんの収録は今日だったらしい。

稀莉ちゃんにとっては『ひかりと彩夏のこぼれすぎ！』の東井ひかりさんも、芝崎彩夏さんも刺激が強すぎたのだろう。

『何てこと言わせるの⁉　警察は何で野放しにしているの？　許されないわ、許してはいけない！あんなラジオ流しちゃ駄目、絶対駄目。おかしい、まともじゃない』

「……お疲れ」

そこまで言うと逆に気になってしまう。ただ「放送楽しみだね」と言うのは荒れ狂う彼女の火に油を注ぐだけだ。そうそう、ここでは防火の神様が見ているからね。

「大変だったね」

『もう本当大変！　あんな想いはもう絶対したくない！』

「二人も合同イベントに出るよ」

『あーそうだったわ！　ゲスト出演したのもその一環だった。奏絵、合同イベント降りましょ』

「降りないよ！」

『何で！』

「仕事だから！」

『この仕事人間！』

「仕事大事。フリーランスのようなものだから関係づくり大切」

『選ぶ権利はある！』

「私もいるから～」

『なら、いい』

……いいのか。やっぱりゲスト出演には保護者同伴で行った方が良かったのかしら。荒ぶる稀莉ちゃんを近くで見たかったな。

『そうそう、デートの場所決めたから』

「え？」

『きっと奏絵は楽しんでくれると思う』

「うん？」

『この後、文字で送るから見てね』

「え、はい？　え、決まったの？　どこ？」

『じゃ、じゃあね！　楽しみにしてるから！』

「ちょっと待っ……て」

急ぎ、切られた。せわしない。

本題を告げるために電話してきたのだろうか。私はどこへ連れていかれるのやら。まぁどこでもいい。彼女と一緒なら楽しいに決まっている。

やれやれ、ゆっくりと考える暇はないらしい。

恋は待ってくれない。

見上げた空は雲で隠れている。でも橙色《だいだいいろ》が雲の隙間から少しだけ見え、世界を染めていた。

◇　◇　◇

「ひょえー」

「くそー、抜かされた！　待ちなさい、奏絵」

「あ、痛っ。甲羅が当たったんだけど」

「よし、キノコでダッシュ……って落ちたー」

「喰《く》われるっ、花に喰われ、あ、やられた……」

「一位、このまま一位で行くわよ」

「よしきたスターだ」

「え、抜かれ、うわあああ、負けたあぁぁ」

「残念だったね、稀莉ちゃん。運転免許持っているお姉さんには勝てないね」

「うー悔しい！」

ゴーグルを係のお姉さんに外してもらい、リアルの世界に戻る。すっかりレースゲームに夢中になってしまった。会話は全てこのお姉さんに聞かれていたんだよな……。恥ずかしいが、お姉さんも慣れっこだろう。

ゴーグルをかけるとゲームの世界に入り込み、夢中になり、周りが見えなくなる。初めて体験したが、VRって凄い技術だなと感心させられる。

VRは「virtual reality」と呼ばれる。コンピュータでつくられた三次元空間を視覚、その他の感覚を通じ疑似体験できるようにした技術で、仮想現実ともいわれるものだ。なるほど、確かに実際に運転している気分を味わえるし、物が飛び出てくるとビクッとしてしまうほどリアルだ。

ここはそんなVRが体験できるエンターテインメント施設「VR DONE」だ。VRがドーン！と出てくるから、VR DONE。大きな施設で三階建て、千坪以上の面積があるとのこと。都内でこの規模の施設はかなりお金がかかっているだろう。さらにVRの機械がただ置いてあるだけでなく、施設内の雰囲気づくりや、アトラクションの装置などもしっかりしており、よりゲームの世界に没入できる工夫がされている。

「さぁ、次のアトラクションに行くわよ」

「待ってよ、稀莉ちゃんー」

そう、私たちは「デート」として、ここ「VR DONE」に訪れていた。

話は少し遡る。

◇　◇　◇

「さあ、着いたわよ奏絵」

駅で待ち合わせをし、歩くこと数分。繁華街を抜けるとそこには大きな施設があった。

「ここがそうなの？」

「うん、噂のVR施設よ」

「大きい場所だね〜。けっこう賑わっているね。混んでいる」

「チケットは予約済みよ」

「さすが稀莉ちゃん」

準備万端だ。

「あんたゲーム好きでしょ？」

「え、うん、好きだよ」

やっているゲームのほとんどがギャルゲーだとは言えない。ラジオで何回かギャルゲーの話をしたから、稀莉ちゃんは私をゲーマーだと思い込んだのだろう。学生で実家にいた時は、親はゲーム機を買ってくれなかったし、放課後ゲームセンターに入り浸るってこともなかったしな……。ゲーム大好きっ子です！　というわけではない。勘違いさせてしまった。

けれども、アトラクションは大好きだし、それにVRを一度体験したかった。VRでどういう風に見えるか興味があり、一度訪れてみたいと思っていた場所だ。何より稀莉ちゃんが、私のことを考えてデート場所を考えてくれたことが嬉しい。

普通のデートなら、ショッピングや映画といった気軽なものから、少し遠出して動物園や水族館、遊園地といったものが定番だろう。女子高生で「じゃあ、VRしにいこう！」とは選択肢としてなかなか出てこない。わざわざ雑誌やネットで調べたのかな。それとも誰かに相談して？　何にせよ嬉しくて、心は弾む。

「ありがとう、楽しみだね！」

「もちろん楽しむわよ」

彼女が携帯を取り出し、QRコードを表示させる。このQRコードを見せて、窓口でアトラクションのチケットを交換するらしい。便利な時代だ。事前に決済も済んでいる。

こうして私たちは、仮想現実の世界に旅立ったのであった。

◇　◇　◇

「……」

「怖かった？」

彼女がコクリと頷く。

VRホラーを経験し、目が少し涙目だ。

「ゾンビが襲ってくるとか無理！」

「きゃーって叫んでいたね」

「何であんたは叫ばないのよ！」

「いやー、よくできているなって感心しちゃって」

ゴーグルかける前は「こんなの平気よ。学園祭のお化け屋敷《やしき》レベルよ」と強がっていた稀莉ちゃんだったが、いざゴーグルをかけ、ゲームがスタートすると「無理、無理、無理」と言い始め、ゾンビなどが出てくると「きゃ――――」と悲鳴をあげ、開始一分でリタイアとなった。

「リアルな病院だったね。ちゃんと医療器具もあってさ」

「何でそんな細かいところ見ているのよ」

「えー、気になるじゃん。細部までこだわっていると凄いなーと思うじゃん」

「そんな余裕ないわよ」

口は復活しているが、まだ足は竦《すく》んでいるみたいだ。

「えいっ」

「きゅ、急に何よ！」

彼女の左手を摑み、しっかりと手を繋ぐ。

「これで怖くないでしょ？」

「ちゃんと言ってから繋ぎなさいよ。びっくりするじゃん」

言えば繫いでいいってことか、いやいや。

……深くは考えない。彼女が元気になったようなので次のアトラクションへ。

「あとは何を体験しようか。波動でも撃つ？」

「私、そのアニメ見ていないのよね」

「国民的アニメを!?　と言っても、私も実はそんなに詳しくない」

「でしょー」

「じゃあ何をしましょうか、お嬢様」

「あれにしましょう」

「あれ？」

彼女が指さした先は、戦闘機に乗るＶＲだった。

「いいね、空飛びの少女っぽい」

「そうそう、空音の気分を味わえると思うの！」

「さすがファン」

「うるさい、空音の中の人」

操縦席が四台横に並んで置いてある。両手にはそれぞれ操縦レバーがあり、ボタンで攻撃できるようになっている。

ゲームの趣旨としては、目的地までいかに敵戦闘機を倒すかで競うものとのことだ。操縦席は上下左右にぐらんぐらん動いており、乗り物酔いする人には向かなそうである。

お姉さんに案内され、私たちの順番となる。

「ドキドキするわね」

「そうだね、稀莉ちゃん」

ゴーグルを被り、視界は真っ暗になる。音声が聞こえ始め、指令から今回の任務を聞かされる。

『Have a nice flight』

アナウンスの声と同時にハッチが開き、戦闘機が加速し出す。

そして、

「わー、凄い！」

空へと飛び立つ。

光が眩しいと思ったら雲に突っ込み、急に暗くなる。

雲を突き抜けると青空が広がり、下には海が見えた。

レバーを傾けると、機体も傾き、景色も一緒に動く。

「空を飛んでいるんだ……」

気持ちいい。経験したことのない感情だ。

何処までも自由で、束縛がなくて、美しい青が広がる。

空音もこんな気持ちで飛んでいたのかな。

『何、ぼーっとしているのよ。敵来ているわよ』

忘れていた、これは敵を倒すためのゲームだ。純粋に空を楽しんで飛ぶアトラクションではない。

ボタンを押すと弾が発射され、敵戦闘機が火を上げる。敵戦闘機はバランスを失い、そのまま空から堕《お》ちる。落下方向を見ると、海に突っ込み、消えてなくなってしまった。ボタン一つであっけないな……。

ゲームだからいいけど、本当はあっちにも人が乗っているんだよな。空音はどんな気持ちで撃っていたのだろう。空音も大変だ。純粋に飛べるなら楽しいが、戦闘となると話は別。命がけの戦いとなる。

ねえ、空音。あなたは何で空を飛ぶことを選んだの？

稀莉ちゃんとの撃墜数対決は四対二十二の惨敗だった。

稀莉ちゃんと前に訪れ、気に入ったファストフード店に入る。注文を済ませ、二人テーブルに対面で座る。店内は若い女の子で賑わっていた。

「予想以上に楽しかったね、ＶＲ」

「それなら良かったわ。どれが一番だった？」

「うーん、そうだな。ホラーは稀莉ちゃんが面白かったけど」

「忘れなさい！」

「はいはい。一番は戦闘機に乗ったアトラクションかな」

「そうね、なんだかんだで私もそれが一番楽しかったかな。空音の気分が味わえたもの」

「稀莉ちゃん、上手だったねー。今からでもパイロット目指さない？」

「目指さないわよ。でも今まで戦闘機やロボットに乗ったことないから乗ってみたいわ」

あくまでそれはアニメの話。確かに稀莉ちゃんが戦闘機に乗るなんて、なかなかイメージがつかない。でも昨今のアニメでは美少女がロボットに乗ることは珍しくもなく、挑戦したいと思うのは不思議ではない。

「で、お昼食べたら何処に行くんだっけ？」

嬉しそうに携帯電話を見ながら、「服屋さんに、家具・インテリア店に、ラストはイルミネーションよ」と稀莉ちゃんは語る。事細かに携帯にメモしてあるのだろう。


一時間ほど食事しながら会話した後は、稀莉ちゃんの予定通りに色々な場所をまわった。

服屋ではお互い似合うものを着てもらう対決をした。私はベージュのトレンチコートを着て、きれいめ系な感じで仕上げてもらった。より大人っぽくがテーマらしいが、私には手の出せる値段ではなく、稀莉ちゃんは大絶賛だったが、泣く泣く元の場所に戻した。

私は稀莉ちゃんをフェミニン系のファッションで着飾った。フリルブラウスに、淡い色のスカート。稀莉ちゃんは「こんなの似合わない！」と言ったが、ちゃっかりカードを使って、購入していた。最近の高校生はカードを持っているのか……とジェネレーションギャップを感じつつ、いつか収録で着てくれるだろうか、と期待も抱いた。

家具・インテリア店では、特に購入したいものはなかったが、お互いに部屋に置きたいものを話し合った。「ソファーは必要だと思うのよね」とか、「このベッドいいね」「これじゃ二人では寝られないわ」「一緒に寝ないよ!?」とかとか「カーテンは完全遮光がいい」「太陽の光できっちりと目覚めたいのだけど」など要望は尽きない。……私たち一緒に住むわけじゃないよね？

そして、時間はあっという間に過ぎ、夜になった。

「綺麗だねー」

「うん、もう冬って感じがする」

やってきたのは、イルミネーションが綺麗な駅からの近くの場所。青い光が幻想的な雰囲気を醸し出し、人々を魅了する。

イルミネーションを見る稀莉ちゃんは目を大きく開け、子供のように楽しそうな顔をし、そして綺麗だった。

心臓が跳ねた。

「稀莉ちゃん」

私の呼ぶ声に彼女が私を見る。イルミネーションに照らされる彼女は特別で、私にとって大事なものだった。

「待たせちゃってごめんね」

何を、とは言わない。

「その凄い嬉しかったんだけど、ずっと戸惑っているんだ。あの、私もさ」

彼女はしどろもどろな私に何も言わず、ただ答えを待っている。

「好き、だと思う。いや、好きだよ稀莉ちゃんのこと」

彼女の大きな目がさらに見開く。

「でもね、その好きは正直わからない。わからないんだ、こんなこと初めてで。好きの後がわからなくて、どうしたらいいのかわからない。稀莉ちゃんとどうしていったら正解なのか、わからない」

答えのない答えをただそのまま伝える。それが今の私の精一杯の答えだから。

「だから、いや、でも今年中には答えを出すから、それまでまた待たせちゃうけど、待ってほしい」

きちんと答えを出す。答えを見つける。この色に名前をつける。十一月、十二月と二ヶ月の間待たせることにはなるが、でも彼女は優しく微笑んだ。

「ありがとう、奏絵。あなたの気持ち聞けて嬉しい。私のことでこんなに悩んでくれて、こんなに想ってくれて嬉しい」

逃げるのを止めた。わからないままぶつかる。

「そして、好きって言葉嬉しい。私も好きよ、奏絵。待っているから」

「うん、待っていて稀莉ちゃん」

期限は決められた。自分で決めた。後はひたすら悩む。悩んで考えて、答えを出す。私たちの最善の在り方を。

この日はこれで解散となった。


でも駅に着いて、稀莉ちゃんから突然電話があった。何かあったのかと、急いで電話に出る。

「どうしたの、稀莉ちゃん」

『大変なの、奏絵』

「どうしたの、何かあったの?」

『いいから、ネットでも、SNSでもいいわ。見ればすぐわかる、わかるから！』

「え、ネット？　さっき会った時言ってくれればよかったのに」

『今さっき情報が解禁されたの、早く見て、見なさい！』

そう言って、彼女は電話を切った。私は言われた通り、スマートフォンでSNSを見る。そして、すぐに見つけた。彼女が突然電話してくるのも当然のことだった。

「空飛びの少女、再アニメ化？」

『空飛びの少女』が、六年ぶりに再度アニメ化すると情報が解禁されたのであった。思わず拳を握る。

また『空音』に出会える。また『空音』になれる。また私は、空を飛べる！

「やった」

夜空の下で、私は一人歓声をあげた。

断章　理由なんていらなくて

「あー……押せない！」

電話をするには理由がいる。

何の気もなしに「奏絵の声が聞きたくて」なんて言えない。電話ＯＫの許可をもらったのに、私はなかなか奏絵に連絡できずにいた。

今日も電話を持ち、ボタンを押そうと思っては押せずに一時間が経過した。

電話する理由はあるのだ。

デートＯＫの約束もしたが、奏絵が忘れているのか、なかなかデートが実現せずに日が経っていた。まだ約束できていない。

「奏絵のことだから、デートのこと本当に忘れているんじゃ……」

疑わしい。

こんなんだったら約束した日に、デートの日付も決めてしまえばよかった。あとで、と考えては仕事もあるので後回し後回しになってしまう。

「はぁ……寝るか」

今日も電話できず、夜を終えるのであった。

なんて、悩んでいたのに、

「下品ラジオ、最悪だったあああ」

ラジオ番組『ひかりと彩夏のこぼれすぎ！』にゲストで出演して、私はすぐに電話した。

話さないと心の安寧が保てなかったのだ！

あまりにひどいラジオ収録だった。東井ひかりと芝崎彩夏が強烈すぎて、こちらは終始ドン引きしていた。

彼女たちが女性声優じゃなかったら訴えてもいいレベルだろう。音源は残っているし、裁判したら勝てる自信がある。

ま、まぁ、被害報告をきっかけに奏絵に電話して、デートの約束もできたので今回は許してあげよう。最悪な収録だったけど、感謝はしている。ちょっとだけ、ちょっとだけど。

勢いって大事だ。


初めてを乗り越えてしまえば、気持ちが楽になる。

そして、私はまたすぐに奏絵に電話することになったのだ。

『空飛びの少女』の再アニメ化。

デートで別れた後だったけど、誰よりも早く彼女と話したかった。気づいたら電話をかけ、彼女に繋がっていた。

「今さっき情報が解禁されたの、早く見て、見なさい！」

ずっと待っていた。彼女は私よりもずっと望んでいただろう。

嬉しさを、喜びをすぐに分かち合いたかった。


――あなたとすぐに気持ちを共有したい。

そう、たいした理由なんていらないんだ。

彼女に話したい。今すぐ伝えたい。分かち合いたい。知ってほしい。

そんな単純な想いだけでいい。

私の世界はボタン一つで簡単に繋げられる。

「ねえ、奏絵聞いて！」「やばい、やばいって！」「特に理由はないけどさ」「ラジオのコーナーについてなんだけど」「衣装の合わせで」「今日の朝の占いが良かったの」「あの漫画読んだ？」

大した話題じゃなくていい、互いの声を聴くことに意味がある。

顔が見えなくたって、私たちは繋がっている。

――奏絵の声が聞きたい。

……なんて恥ずかしくてまだ言えないけど、私にはきっとそれだけでいいんだ。

第3章　アフターグロウ

『空飛びの少女』が再度、アニメ化。

予想だにしない朗報だった。

二期はとうの昔に諦めていた。ストックに余裕があるにもかかわらず、イベントでは二期の発表もなく、原作が完結しても何もアニメの動きはなかった。一期以来ＯＶＡすら出ていない。時期を逃したのだ。私にとって『空音』は過去の亡霊となっていた。

それなのに六年経った今になって再度アニメ化。今さらだ、今さらすぎる。もう原作は完結していて、アニメ化ブーストをかける意味はない。外伝でも出すのだろうか、または表紙だけ新しくして再発売でもするのだろうか。原作方面で動きがないのに、アニメ化とは考えづらい。

もしくはアニメ会社側のプッシュ。アニメ化したいと思える原作が尽き、昔売れた作品を掘り起こした。大ヒットした一期ほど今は売れるかはわからないが、ある程度の顧客は望める。誰も見向きもしないということはないだろう。あの時学生だった人が社会人になり、お金を稼いでいる。つい懐かしさでグッズやディスクを買ってくれるかもしれない。

けれども、結局のところどうでもいいのだ。二期をやる理由など私には関係ない。また空音になれる。それだけが大事で、それ以外気にすることはない。

あの頃の私の演技はできるのだろうか。ＤＶＤを見直すべきだろうか。あの頃は本当に下手で見直したくないんだよな……。初々しかったあの時の演技を求められたどうしよう。再現可能だろうか。できるなら成長した私を見せつけたいところだが。

まぁ、そんな心配など、後で悩めばいい。

＊　＊　＊　＊　＊

奏絵「もうすぐハロウィンだね」
稀莉「正直、どうでもいい」
奏絵「ですよねー。クリスマスみたいにプレゼント交換をするでもなく、バレンタインデーみたいにチョコをあげるわけでもない。お菓子を配るっていうのも何かピンとこないよね」
稀莉「そう、何をしたらいいのか不明なのよ。で、関係なくコスプレで盛り上がる人が多い」
奏絵「この時期の渋谷は通りたくないねー」
稀莉「私はやろうと思わないけど、仮装するのは別にいいのよ。でも普通の人がいる街中でやってほしくない。こっちは仕事で急いでいるのに、騒いでいるとイラっとくるのよ」
奏絵「わかる。仮装は楽しそうだなーと温かい目で見れるけど、どんちゃん騒ぎするのはちょっと違うかなーって思う。何処か会場を貸し切ってやってほしい」
稀莉「そうよ、関係ない人に迷惑かけるなと思うわ。リスナーの皆は迷惑かけんじゃないわよ」
奏絵「大丈夫、うちのリスナーはウェーイな人種は少ないよ、きっと」
稀莉「どうかしらね」

奏絵「仮装はしないって言ったけど、してみたいコスプレって何かある？」
稀莉「ない！」
奏絵「即答！　何かあるでしょ、メイドとかナースとかチャイナ服とか」
稀莉「別にないわよ。やってみたい役ならあるけど、自分が着るのは嫌。あっ、でもよしおかんがメイド服着るのはありね」
奏絵「やらないからね!?　需要ないよ!?」
稀莉「あるって。または学校の制服着て欲しいかも」
奏絵「いかがわしい感じになるからね!?」

稀莉「そういえば、仮装といえば最近別の仮想を体験したわね」
奏絵「仮装でなくて仮想ね。言葉にするとわかりづらいな、いわゆるVRを体験してきました」
稀莉「新宿のVR施設に一緒に行ったの」
奏絵「初めてのVRだったけど、迫力が凄かったね。ただ飛び出てくるだけじゃなくて、立体感があって、本当にそこにいるかのような感覚になるんだ」
稀莉「レースで負けたのは悔しかったわ」
奏絵「でも私は戦闘機での撃墜数負けました。稀莉ちゃん上手いんだよ、どんどん墜としてねー、エースパイロットを名乗っていいよ」
稀莉「名乗らないわよ。よしおかんが下手なの」

奏絵「なにー！　ふふ、稀莉ちゃんホラーゲームで凄く怖がっていてですね」
稀莉「その話はなし、なしなんだから！」

＊　＊　＊　＊　＊

ラジオの収録後、二人で話す内容はもちろん決まっている。

「続きだと騎士団反逆編やるわよね！」

「空音が騎士団のあり方に疑問を持ち、歯向かうのは最高に熱い！」

「そうそう、かつての仲間との対決は涙なしには見られないわ！　空音が勝ったのに素直に喜べないの、もうずるい。作者は天才か」

「戦闘機故障からの無人島回もいいよね」

「あ〜わかる。いつも強がっている空音が弱音を吐くのがいいの」

「うんうん、空音も女の子なんだなーと思うよね」

「空音の成長も好きなのよね。亡くなった仲間の分まで懸命に頑張る空音はカッコいい」

「でもでもその危うさに私は心配になっちゃうな。いいんだよ、一人でやろうとしなくて、あなただけの責任じゃないよって」

　話題は「空飛びの少女」の再アニメ化についてだ。大ファンの稀莉ちゃんと、空音を演じ、その後も二期が来ると信じ、原作を読み込んでいた私だ。話が尽きることはない。

「六年よ、六年も待たされたの！」

「いやー、まさかだよね。今になって続編つくるとは」

「あんた、演技忘れてないわよね？」

「大丈夫、空音にお任せ！」

「ちょっとトーン違うわよ、もっと低めだったわ」

「え、本当。ごほん、ごほん。稀莉ちゃん、私が空音さ」

「さらに離れた気がする」

「えー、ちゃんと練習しなきゃ……」

「下手な演技見せて、代えられないようにしなさいね」

「うー、気をつけます……」

「で、この後なんだけど」

収録は終わり、時間はまだ十六時だ。彼女の門限までかなり余裕がある。

「まだ話し足りないよね？」

「わかっているじゃない、よしおかん。まだまだ語りつくすわよ」

やれやれ、これは長くなりそうだ。門限を破らないように私が気をつけてあげないと。

「何処行こうか」

「どこでもいいわよ！　ファミレスでもファストフードでもカラオケでも」

「うーん、喫茶店は違うか。じゃあファミレスにしようか」

「うん！」

さぁ移動しようと思った矢先、私の携帯電話が音を鳴らした。「誰だろう？」と画面を確認すると、珍しく事務所からの電話だった。

「ごめん、事務所から。ちょっと出るね」

彼女から少し距離をとり、電話に出る。出たのはマネージャーの片山君《かたやまくん》だった。

『吉岡さん、こんばんはーっす。今大丈夫っすか』

「ちょうど収録が終わったところなので大丈夫です」

久しぶりに片山君と話した気がする。あれ？　彼、私のマネージャーだよね？

「で、どうしましたか？　オーディションの結果ですか？」

『ボスが呼んでるっす』

「ボ、ボス？　えーっと、誰ですか、それ」

『ボスはボスっすよ。社長っす』

「社長？」

いったい何の話があるのか聞こうと思ったら、「詳しくは事務所で！」となってしまった。

電話を切り、待っている稀莉ちゃんの元に戻る。

「稀莉ちゃん、申し訳ない！　事務所から急ぎ来てくれないかって言われちゃって」

「うーん、しょうがないわよね。また別の日にしましょう。私もしっかりと復習してくるから」

「わかった、ごめんね。じゃあまた連絡するね」

そう言って彼女と別れたのであった。お留守番で置いていく子犬のように寂しい表情をしていたが、仕方がない。

社長からか……。私、何かやらかした？　思い当たるのは稀莉ちゃんとの関係か。「おい吉岡。マジで付き合っているんじゃないよな？」と言われた日にはどうすればいいのか。真剣に悩み、答えを出すと決断したのに、事務所からの意向を告げられたら困ってしまう。

何にせよ、事務所に行って話を聞かなければわからないことだった。

ラジオの収録現場から事務所までは地下鉄一本で辿《たど》り着《つ》く。事務所からの呼び出しに三十分もかからず、到着したのであった。

「お疲れ様でーす」

扉を開けると何人かのマネージャーがおり、片山君も自席にいた。

「お、吉岡さん。早いっすね」

「ボ・スからの呼び出しですからね。私、何かやらかしました？」

「いや、俺は聞いてないっすね。ボスも特に話してくれなかったっす」

「そう……」

マネージャーにも言えないことなのだろうか。ますます胃が痛くなる。

「社長はどこにいます？」

「奥じゃないっすかね。俺、呼んできますよー」

「いえ、自分で行きます。ありがとう、片山君」

社長にわざわざ来てもらうほど私は偉くない。私が行かなくてどうする。片山君にお礼を言い、社長室へ向かう。社長室に入るのは事務所に合格し、社長に挨拶された時以来だ。あの時は同時に合格した人たちと一緒だったが、今回は一人だ。足は重いがすぐに辿り着いてしまった。

一度大きく深呼吸をし、扉をノックする。すぐに中から「どうぞ」と言葉が返ってきた。意を決して、扉を開ける。

部屋の中には当然社長がいた。

「吉岡さん、わざわざごめんね」

「いえ、お忙しい所私のために時間をとっていただき、ありがとうございます」

椅子から立ち上がり、私を席へと案内する。見た目は若いが社長も六十過ぎだ。切れ者であるが、腰は低く、話しやすい人だ。

また部屋の中には秘書さんもいた。さっと私の前にお茶を出し、ありがたくいただく。

「今日呼んだのは、吉岡さんと色々と話しておかないといけないと思ったからなんだ」

「お話ですか」

「そう、お話。説教をするために呼んだわけではないよ」

その一言に安心する。良かった、怒られるわけではないらしい。

「まずは謝罪から。炎上の件はこちらでなかなかフォローできず、吉岡さんには大変辛い思いをさせてしまったね。申し訳ない」

「そんなっ！　悪いのは私……というわけではないですが、社長のせいではありません。頭を上げてください」

突然、社長に頭を下げられ、驚く。

「本当ならもっと早くに話をするべきだった。事務所として君を守ってあげられなかった」

稀莉ちゃんのイベントでの公開告白により、私のSNS、ラジオ番組は盛大に炎上した。

ただ炎上とはいえ、誹謗《ひぼう》中傷は少なく精神的ダメージは大きくなかった。それに話題になってラッキーとちょっと思っている自分もいる。確かに私のSNSへのコメントは凄いことになっていたが、それもこれも元凶は稀莉ちゃんなのだ。私の事務所が未然に防ぐことはできないし、炎上した後もどう対処したら正解だったのか、正直わからない。

「佐久間さんの事務所からもうちに謝罪があってね。吉岡さんには本当に申し訳ないことをしたとの言葉があったよ。佐久間さんもだいぶ絞られたみたいだね」

果たして本当に稀莉ちゃんは絞られたのだろうか？　全く自重していないし、むしろ加速している気がする。開き直った？

「炎上したことは大変でしたが、その、佐久間さんに好意を伝えられたのは嬉しかったというか、私に憧れて声優になったなんて、私は声優としてちゃんと存在していたんだな……と少し泣けちゃいましたね」

「そうか、必ずしも悪いことだけではなかったんだね」

「ええ、佐久間さんとのラジオは毎回楽しいですし、イベントは格別でした」

うん、うんと社長が嬉しそうに頷く。燻《くすぶ》っていた、所属の声優がラジオ番組で再び輝いているのだ。炎上も気にしていなく、むしろ受け入れ、前向きに捉えている。社長も私と直接対面し、安心しただろう。

「ただ実際のところはどうなんだい。関係を否定するつもりはないが、その二人はアベックなのかい？」

聞きなれない、古い言葉に思わず吹き出す。

「アベックって何ですか。いつの言葉ですか。大丈夫ですよ、社長。恋人ではありません」

今は、という注釈は……いらないだろう。

「そうか、今はアベックなんて使わないか。年をとるのは嫌なものだ」

「私が佐久間さんと仲良くしているのは、正直に言うと印象良くないですか？」

「そんなことはないよ。どちらかが男だったら真剣交際以外は認めないが、女性同士仲良くする分には問題ない。不祥事さえ起こさなければ問題ない。ただ未成年との同棲《どうせい》とかはやめてね」

「さすがに同棲はしませんよー」

お互い冗談が混じるようになり、空気が和らぐ。秘書さんだけは表情を崩さずにいるからちょっと怖いけど。社長から稀莉ちゃんとの関係を咎《とが》められることはなく、むしろある程度許容されたのだ。お堅い社長でなく、私にとってはありがたい。これなら思う存分、稀莉ちゃんとのこれからを悩むことができる。安心だ。

――それだけ。

それだけのことを言いたかったのだろうか。社長はただ私が心配で、面談してくれたのか？

「それでね、吉岡さん」

「はい？」

「空飛びの少女の話は聞いているかい」

違った。それだけではない。いや、むしろこっちが本題なのかもしれない。何しろ人気タイトルの二期だ。私が初出演してから六年の歳月が経っている。事務所としても大きな仕事で、失敗は許されないだろう。

「はい、もちろんです。ネットでも凄く話題になっていますね。いやー楽しみですね、アニメ化」

「そう、アニメ化」

「ええ、六年ですよ、六年。あれから六年経ってまた空音を演じられるかと思うと嬉しいです」

「……吉岡さん」

「ちょっと不安もありますけどね。あの頃とは声も微妙に変わっていますし、完全再現は難しいですが、成長した私を見せるつもりです。安心してください！」

「吉岡さん！」

社長が声を荒らげる。「え？」と思わず声が漏れた。

「ちょっと聞いてくれ」

「ごめんなさい、私ったら嬉しくて、つい喋りすぎちゃいました」

「いや、構わないよ。気持ちはわかる」

「わかるが……」と声は尻すぼみになり、沈黙が流れる。

あれ、どうしたのだろう。さっきまで和んでいた空気はどこにいった。嫌な汗が流れる。

私はただ社長の言葉の続きを静かに待つ。けれども社長は何かを喋ろうと口を開けては止める、といった行為を繰り返している。

「社長」

秘書さんの冷たい呼びかけに、社長が顔を上げる。

どうして。

「吉岡さん」

そんな、辛い顔をしているのだろう。

「申し訳ない、空音は君じゃない」


空は、光を失った。

空音は私じゃない。


「えっ…………………？」


どうして私は疑いもしなかったのだろう。

何で私が『空音』を続けられると思っていたのか。

どうして続編でも変わらず、私が抜擢《ばってき》されると自惚れていたのか。

落ちぶれた私が選ばれることを、どうして疑わなかったのか。

アニメの続編で声優が変わることは珍しいことではない。時期を空けずに、突然の声優変更は叩《たた》かれるだろう。けど六年なのだ。私はその間に声優としての人気を失った。そんな声優を起用する方がどうかしている。

それなのに、私は一％も変更の可能性を疑っていなかった。


それは、何故か。

空音は『私』だからだ。


私は『空音』で、空音は『私』。私以外の『空音』は存在しなく、『空音』がいなかったら声優の『吉岡奏絵』は存在しなかった。私と空音は一心同体。切っても切れない存在なのだ。

だから、疑いもしなかった。私以外の『空音』なんているはずがない。いるはずがなかったのだ。

現に、稀莉ちゃんも別の役者が『空音』を演じる可能性を考えず、私と話していた。それほど私と彼女にとって当たり前のことなのだ。当たり前、のことだったのだ。

「吉岡さんには本当に申し訳ないと思っている。けれど私どもの力が及ぶところではないんだ」

「わかっています、わかっていますが……」

言葉では理解している。でもいまだに信じられていない。

「それに変わるのは吉岡さんだけじゃないんだ。役者は全とっかえだ」

「そう、なんですか」

「それだけじゃない。スタッフも総入れ替えだ。そもそもアニメをつくる制作会社が違う。当然監督も、音響監督も、音楽も全て違うメンバーだ。悪く思わないでくれ。辛い思いをしているのは君だけじゃないんだ」

制作会社も監督も違う。同じなのは製作委員会の出版社ぐらいか。それならば仕方がない。私一人だけの不幸ではないのだ。また『空飛びの少女』をつくりたかったメンバーもいるだろう。監督も打ち上げでは嬉しそうに「二期やろうぜ！」と話していた。きっと落ち込んでいるのは私だけではない。たくさんの人が辛い想いを抱えながら、納得し、再度アニメがつくられる喜びをかみしめている。それが自分に関係ないところで作られるものだとしても、だ。

「仕方ないですね、こればかりは仕方がない。私一人我儘《わがまま》をいってもどうしようもないですね」

「すまない」

「社長が謝ることではないですよ。むしろ感謝しています。普通なら私はネットでキャストの情報を知って、ショックを受けていたでしょう。事前に場を設けて、私にきちんと説明してくれた。本当にありがとうございます」

辛い。どうしようもなく辛い。

それでも納得しなければならない。理不尽なのは私だけじゃない。どうしようもないのだ。私はあくまで声優。アニメの部品なのだ。それが交換されても成立するものなのだ。

「制作会社も、声優も替えるってことは単なるアニメ化じゃないんですね」

「他言無用で頼むよ。吉岡さんだから伝えることだ」

「はい、もちろん私の中に留《とど》めます」

「察しの通り、一期からの続編ではない。リメイクだ、再アニメ化。最初からやり直し」

予想できたことだ。

続編ではない。新しい『空飛びの少女』をつくる。

「全部で二クール。ラストは劇場版で、原作を全て描き切るとのことだ」

「壮大ですね」

「ああ、ビッグプロジェクトだ」

そんなアニメ界を揺るがすであろう壮大なプロジェクトの一員に、私はなれない。過去の『空飛びの少女』はお払い箱になるわけだ。

「……仕方ないですね」

「ああ、仕方がないんだ、申し訳ないことだが」

私は単なるファンとして、その一大プロジェクトを見守ることしかできない。それほどお金が動き、会社が動き、人が動いている。残念ながら一期以上に凄いものができあがるだろう。

そして、私は『空音』でいることができなくなる。

「声優のオーディションはすでに最終選考の段階だ。吉岡さんには本当に悪いが、オーディションに参加する資格もない」

「わかっていますよ。新しい空飛びの少女をつくるのに、私がいたら邪魔でしょう。たとえサブキャラでも過去の空音がいたら台無しですもんね」

「申し訳ない」

「もういいですよ。どうしようもないことなんです。簡単には受け入れられないですが、きちんと心の整理をしていきます」

「違うんだ、吉岡さん」

社長が語気を強める。

……何が違うというのか。仕方がないじゃないか。諦めるしかないじゃないか。必死に抵抗することなんてできないんだから！

「君にはまだ言っていないことが、ある」

「いいですよ。もう何を言われても大丈夫です。これ以上へこむことはありません」

「いや、でも、あまりにも」

「社長？　何ですか、言ってください」

「……決まっているんだ」

「え？　何がですが」

「空音の役は決まっている」

すでに決まっている。私じゃない『空音』が決まっている。

「そうなんですね」

「ああ、空音はオーディションせずに、製作委員会の意向で決まっている。監督が何度か起用したことがある声優らしくてね。彼女ならばっちり演じてくれると太鼓判を押しているそうだ」

「実力ある役者さんなら安心ですね、私も任せられます」

嘘だ。任せたくなどない。でも知らない新人がやるよりずっとマシだ。私の『空音』が汚されるより、貶《おとし》められるより、ずっとずっとマシ。

「そしてスポンサー、出版社も彼女を絶対に起用してくれと言っている」

「へー、そんな凄い人なんですね」

「それはあるエピソードを耳にしたからだそうだ。原作者も話を聞き、えらく感動したとのことだ」

「……エピソード？」

「彼女は『空飛びの少女』の大ファンで、『空音』に憧れて声優になった」

「…………え？」

瞬時に理解してしまった。

だって、その話は直接聞いたのだ。

だって、私は隣にいたのだ。忘れるはずがない。忘れられるはずがない。

だって、その話に私も感動し、涙ぐみ、彼女をどうしようもなく愛おしく思ったのだから。

だって、その話はさっき私が社長との会話の話題にもあげたのだから。

「空音の役は、佐久間稀莉だ」

その名前は、私のラジオの相方の名前だった。

家までどうやって帰ったのか、わからない。記憶がない。ただ無心で体が覚えている方向に動いていった。よく無事に帰れたものだ。

◇　◇　◇

部屋の電気もつけずに、ベッドの側に腰かけ、何もない空間をただただ眺めている。どれだけ時間が経過したのかも定かではない。

夕飯は何も食べていない。体はエネルギーを求めているはずだが、動くことすら億劫だった。何もやる気が起きない。ため息すら出てこない。

今の私は空っぽだった。

仕事をしていればどうしようもないこともある。理不尽なこともある。めげることもある。

でも、これはあまりにも残酷すぎではないか。

よりにもよって、稀莉ちゃんを『空音』に抜擢。ラジオの相方が、私が演じていた役となる。キャストもスタッフも全部入れ替えなので仕方がない、とは割り切れない。一番身近な相手が、私に恋する彼女が、私に憧れた彼女が、『私』を奪う。

客観的に考えれば、佐久間稀莉が『空音』になることは完璧な選択だ。

今をときめく売れっ子声優の佐久間稀莉。まだ十代の高校生と若いが、実力は申し分なく、可愛い容姿はイベントでの集客力を高める。歌唱力は高く、何より演技の声が良い。良く通る爽やかな声は、主人公にピッタリだろう。癖も強くなく、感情の入った演技も抜群に上手い。

そして彼女が『空飛びの少女』の大ファンであるという事実。さらに今までは隠されていた、彼女が声優になった理由。イベントで明かされた、『空音』を演じた吉岡奏絵に憧れて声優になったというエピソード。

そんな昔の『空音』とラジオの相方として共演しているという現実。新旧交代、憧れの人とのバトンタッチ。

あまりにもできすぎた境遇だ。新しい『空音』が、稀莉ちゃん以外考えられないほどに、彼女はうってつけの存在である。

……私の気持ちを考えなければ。

そう、私の気持ちなど、ちっぽけな一人の声優の自尊心すら気にしなければいいのだ。そうすれば万事解決。全ては丸く収まる。だから稀莉ちゃんの事務所も、自分の声優の利益のために無情な提案をしてきたのだ。私を憐《あわ》れみ、情をかけ、気遣っているようで、選択できないよう銃口を突きつけてきた。

社長との会話の続きを思い出す。

◇　◇　◇

「空音の役は、佐久間稀莉だ」と聞かされ、言葉を失った。ただ社長が「すまない」と言葉を繰り返す。ようやく絞り出てきた言葉は、一つの質問。

「……稀莉ちゃんは、知っているんですか」

「まだ知らない」

ほんの少し、ほんの僅かだが安心する。

空音を自分がやると知っていて、空飛びの少女の話を私に振っていたとしたら、私は立ち直ることができなかっただろう。少なくともそれだけは良かった。稀莉ちゃんに悪意はなかった。唯一の救い。

「けれどもキャスト発表は十一月中旬を予定している」

もうカレンダーは十一月になる。稀莉ちゃんに黙っていられるのも、あと二週間近くしかないのだ。二週間もすれば世間が騒ぎ、稀莉ちゃんは嫌でも知ることになる。

その時、彼女はどんな反応をするのか。今まで通りの私たちでいられるのか。『これっきりラジオ』を続けていくことは可能だろうか。いずれにせよ稀莉ちゃんも前もって知る必要がある。知って、『私』じゃなく、『自分』だと理解しなくては、今後『これっきりラジオ』を続けていくことなどできない。

問題は、誰が伝えるかということだ。

「吉岡さん、君は今誰よりも辛い思いをしている。それなのに私はもっと君を苦しめることを言ってしまう。相手の事務所からのお願いで、君に伝えて欲しいと私は言われているんだ」

私が稀莉ちゃんに、稀莉ちゃんが『空音』に選ばれたと、伝える。

「理由はこうだ。事務所の人間が佐久間さんに伝えてもなかなか納得してくれないだろう。いや、むしろ反抗すると思っている。事務所としても、佐久間さんに抵抗されるのは困るんだ。決まった役を降りられるのを恐れている。最悪の最悪、声優を辞める選択をするかもしれない。だから、君を利用する。吉岡さんが言うのが一番素直に聞き、納得すると思っている」

私が言えば、稀莉ちゃんは納得する。本当に納得するのだろうか。

「私個人の意見としては、相手方の提案を断りたいと思っている。あまりに吉岡さんにとって残酷だ。君の気持ちを考えていなさ過ぎている。ふざけた提案だ。でも、君たちはこれからも一緒にいなければいけない。ラジオは続くんだ。ラジオ番組のことを考えると、誰かに言われるより君が伝えるのが一番いいのかもしれない。そう思う私もいる」

これっきりラジオは続く。たとえ誰か違う人が、稀莉ちゃんに役のことを伝えたとしても、いずれ私と稀莉ちゃんとで話す機会を設ける必要があるだろう。

早いか、遅いかの話。

それなら、それならば、

「あくまで選択、選択としてだ。駄目なら断ってくれ。吉岡さんがどうしたいか、今答えなくてもいい。時間は少しだがまだある」

下手したら、ラジオの打ち切りもあり得る。これっきりラジオの終わりを私は望んでいない。私一人が大人になればいい。気持ちを呑み込めばいい。

「社長、私が言います」

◇　◇　◇

外から光が射《さ》し込み、目が痛い。

もう朝だ。朝までただずっと座り込んでいたのか、私は。

このまま光を浴びると体が消滅してしまいそうだ。重い腰を上げ、洗面所に向かう。

ひどい顔だ。鏡の向こうには、死んだような顔をした私がいた。いや『私』は死んだのだ。私であった『空音』は、私の隣の女の子に受け渡される。私は不必要となるのだ。私は失われる。

「……何で引き受けたんだろうか」

それはけじめなのか。心残りなのか。未練なのか。

私たちはこれからも『これっきりラジオ』を続けていくんだ。私が言うことが最善なのだ。そう、自分に必死に言い聞かせる。

何度、顔を水で洗ってもさっぱりなどしなかった。

光が射《さ》しこむ部屋に戻る。あまりに眩しすぎて、私は布団を被った。

再び闇の中に戻ってきた。

「あぁぁあぁあぁあぁあっぁ」

虚《むな》しい嗚咽《おえつ》が布団の中でかき消された。

『空音』は枷で、重荷だった。

彼女を演じなかったらと何度も思った。少しずつ力をつけて、立派な声優になっていく。そんな道もあったはずだ。最初にして頂点を知ってしまったのだ。

『空音』は迷惑な奴だ。演じ終わった後も、その存在を無視できないほどに大きい。何処にいっても彼女は私にまとわりつく。

でも、知っている。私は心の底から『空音』のことが大好きで、そんな『空音』を演じた『私』のことも愛していると。

十一月に入り、一週間が経っていた。今日は『これっきりラジオ』の収録の日で、ゲストが来ることになっていた。

「遅いわねー」

「そうだね、稀莉ちゃん」

笑顔の仮面を貼り付け、言葉を交わす。電車の遅延に巻き込まれ、遅れているとのことだった。スタッフが持ってきたドーナッツも食べて終えてしまい、手持ち無沙汰になる。

この時間が気まずい。

「空飛びの少女は何クールやるのかなー、よしおかんは聞いてないの？」

普段なら何も思わない、仕事の話。でも、今の私には毒だった。

「わかんないかなー。それよりさ、稀莉ちゃんは今日のゲストの大滝さんと仕事一緒にしたことある？」

「えっ、あ、うん。何度かあるけど、一緒のレギュラーだったことはないかな」

『空飛びの少女』の話をされるが、露骨に逸らす。

「そうなんだね、私も何度か話したことがあって本当に楽しい人なんだよー」

ニコニコ。つくられた笑顔を晒《さら》し、闇を奥に隠す。

「あの、どうかし」

「すみませーん、お待たしました！　大滝です！　咲良です！　今は汗が滝のように流れていてすみません！　そうです、隣駅から走ってきました！」

ワハハと笑いが起こる。いい所に来てくれた。ゲストの大滝咲良さんも来たので、早速ラジオの打ち合わせが始まる。

「このコーナーやりたくて来たんですよ！」

「予習しすぎ！」

「それにしても台本白すぎて、詩を書いてきました」

「謎の事前準備!?」

ありがたい。仕事に集中していれば、考えずに済む。

今はただ心の奥にしまい込む。後で取り出せばいい。この場には必要ない。

＊　＊　＊　＊

奏絵「今日は素敵なゲストが来ていますー」
稀莉「どうぞー」
咲良「ラジオ番組『まことにさくらん！』から華麗に参上！　ビッグな滝登るぜ、桜サクサク、さくらんワハハ、大滝咲良！　どうも、宜《よろ》しくぅー！」
奏絵「ようこそ、これっきりラジオへー」
稀莉「さっそく何よ、その自己紹介！」

咲良「君にはないのかい、かっこいい自己紹介ネタ。それじゃ高みまでたどり着けないぜ」
稀莉「え、たどり着く？」
奏絵「あなたの願い、かなえます！　おかんじゃないよ、よしおかん。どうも、吉岡奏絵でーす、よろしくっ！」

稀莉「そんな挨拶初めて聞いたんだけど!?」
咲良「自分でよしおかん発言、草なんだよなー」
奏絵「はい、稀莉ちゃんの番」
稀莉「やらないわよ!?」
咲良・奏絵「「えー」」
稀莉「ハモるな！」
奏絵「見たいよね、さくらん」
咲良「ええ、もちろんですわ、よしおかんお姉さま」
奏絵「おかんなのにお姉さまとはこれいかに」
稀莉「何なの、これ……」
奏絵「じゃあ、ここは私たちが考えちゃいましょうかー」
咲良「いいね、めっちゃ可愛いの考えようぜ」

稀莉「わかったわよ！　自分でやればいいんでしょ!?」
咲良「お、稀莉様のカッコいい所見れるぞー」
奏絵「やったれー、稀莉ちゃんー」
稀莉「めっちゃやりづらいんだけど」

稀莉「とびっきりの、これっきりの時間あげるよ♪　佐久間稀莉です、バッキューーン」

咲良「うぉー、撃たれた、ハートぶち抜かれた」
奏絵「さすがかわいい、あざとい」
咲良「とびっきりの、これっきりの時間とはそこ詳しく」
稀莉「もう、自己紹介はいいでしょ！　うるさい二人ね」
咲良「改めまして、どもどもー。オタクによるオタク満喫ラジオ『まことにさくらん！』で篠塚真琴と一緒にパーソナリティをしています、大滝咲良です。気軽に『さくらん』で宜しくー」
奏絵「パチパチ」
咲良「いやー、まいったね。二人ともやべー奴って聞いていたのに、いざ会ってみたらもっとやべー奴らだったわ」
稀莉「ひどいオタクの人に言われたくない！」
咲良「だって、やっているコーナーのこと聞いたんですよ。まず一つが」

奏絵『『よしおかんに報告だー！』』

咲良「自分でおかんって言っちゃうの草」

奏絵「まぁ、でもこのコーナーはリスナーの相談を受けたり、近況報告したりするコーナーだから比較的まともなんですよ……」

稀莉「劇団・空想学もよくある、お題に基づく即興劇だから、ありがちっちゃありがちなコーナーよね」

咲良「ナイトプール回はカオスでしたな」

奏絵「えっ、そんな前の回も覚えているの？」

稀莉「うぅ、あれはかなり失敗したのよね。ナマハゲにゾンビに……今思い出しても意味がわからないわ」

奏絵「ちなみにさくらんは今年の夏、ナイトプールに行った？」

咲良「行くわけないやろー。映え映えに興味はない！」

奏絵「だよねー」

咲良「でも、写真を撮るためにバッチリ化粧してきたリア充たちを浮き輪から落として化けの皮を剝がしたい、私はそんなオタクになりたい」

稀莉「このオタク怖っ！」

奏絵「触らぬオタクに祟《たた》りなし」

咲良「泣く子はいねーが」

稀莉「ナマハゲを思い出させるなー！」
咲良「で、一番意味不で、頭可笑しいのはこれっすよ」
奏絵「『稀莉ちゃんの願い、かなえたい！』のコーナーですよね」
咲良「佐久間稀莉が吉岡奏絵と結ばれるためにって、大草原っすわ。何？　ここにタワーを建てちゃうの？」
稀莉「今、一番お便りが来るコーナーなのよ」
咲良「リスナーもリスナーですな！」
奏絵「いや、本当に終わりにしてもいいんですよ？」
咲良「ダミーヘッド回はあかんかったね。きりりの反応が極まったオタクだった」
稀莉「ダミへはやばい。本当にやばい。ぜひＣＤ化すべきよ」
咲良「三枚予約した！」
稀莉「十枚！」
奏絵「張り合わない！　販売しないからな!?　フラグでもなんでもないから！」
咲良「愛してるよゲームは、尊すぎた……。何あのイチャイチャ空間」
稀莉「最高だったわ……」
奏絵「思い出に浸らないで稀莉ちゃん！」
咲良「よし、今回もやっちゃう!?　私とよしおかんで」

奏絵「やっちゃうの!?」
稀莉「浮気は許さないわ!!」
咲良「ヒヒヒ」
奏絵「笑いすぎ、ニヤつきすぎ！　浮き輪ならＯＫ？」
咲良「は――――、ハハハ、ツラい、ツラい、限界ー、ははは」
稀莉「あのーお腹抱えて大丈夫かしら？」
奏絵「笑いのツボ入っちゃった？」

＊　＊　＊　＊　＊

今日の収録はゲストがいて本当に助かった。
それも明るいオタクのさくらんだ。彼女の持ち前の明るさに救われた。
いなかったら、きっと私は笑えなかった。

＊　＊　＊　＊　＊

稀莉「それでは、こちらのコーナーにいきましょう」
奏絵「よしおかんに報告だー！」

稀莉「いわゆる何でもＯＫのお便りのコーナーよ。本日は大滝さんが来ているので、大滝さんにまつわるお便りを読んでいきますー」
咲良「すまないねー」
奏絵「さあ早速いきましょう。ラジオネーム『お家に帰り隊』さんから。『おかん、稀莉ちゃん、ゲストのさくらん、こんにちはー』」
咲良「こんにちー」
奏絵「『皆さんはアニメの仕事をしているので、アニメコンテンツについてオタクだと思うのですが、それ以外で自分がオタクだなーと思うことってありますか。私はサッカーオタクなのですが、たまにスタジアムでアニメコラボやってくれて両方を楽しめます。ぜひ良かったら皆さんのオタクな部分教えてくださいー』」

咲良「アニオタとサッカーオタクの両立かー。きっと現地でサッカー観戦にも行っているんだろうね」
稀莉「土日だと日程が被りそうね」
奏絵「うーん、大変そうだ。スタジアムからユニフォーム着たままライブ会場に直行とかしちゃうのかな？　二人はアニメ以外でオタクな部分ある？」
稀莉「オタクってほどじゃないけど、演劇が好きよ。でも役者もやっていたし、そもそも声優も役者だと思うし、結局仕事の範疇《はんちゅう》よね」

咲良「演劇といえば二・五次元っすよ。アニメや漫画を舞台にするのだけど、あーレオ君が現実にいる！　生きている！　この世に感謝、感激！　って思えるほど、再現度高いんだよ……あれはヤバい。二・五次元沼に入ったら抜け出せねぇ」
奏絵「誰だレオ君。でも最近多いよね。特に女性向けコンテンツに多いイメージかな。ミュージカルは一度見てみたいなーと思っていたんだ」
咲良「いこう、おかん。おかんも一緒に舞台に行こうぜ。おかんが気に入る子もいるはずさ」
奏絵「あらやだ〜。カッコいい子たくさんいるじゃない〜って誰があんたのおかんじゃい！」
稀莉「ノリノリじゃない！　よしおかんはどうせ酒オタクよね」
奏絵「別に酒豪キャラじゃないからね！　そこそこ詳しいつもりだけど、現地まで行って飲みに行くほどじゃないし、そんなに高いお金払って飲んでない」
咲良「酒はね、酒はあかんよ……」
奏絵「さくらんは何があったのかな!?」
咲良「どうも大滝酒乱です……」
稀莉「お酒で乱れるのは良くないわ……」
奏絵「しかし他に誇れるオタクな部分ってなかなかないね。スポーツもさっぱりだし、女子的な趣味もありませんですし」
稀莉「ここで植島さんから情報です。なになに、男がグッとくる女子の趣味ランキング？」

奏絵「男受けのいい趣味ということかー」
咲良「当てはまったら私たち明日からモテモテ人生!?」
稀莉「それはわかりませんが、では三位から！」
奏絵「サーフィン！」
咲良「登山！」
稀莉「どっちもアクティブね。でもちょっと近いかも。正解は『旅行』でした」
奏絵「旅行かー」
咲良「でも一人旅行か、友達と旅行かで反応違いそう。私みたいに聖地巡礼じゃーっと一人で旅行しちゃう輩《やから》はきっとお呼びでない気がする」
稀莉「自己評価低くない!?　そんなことないと思うけど。一人で旅行って怖くてしたことないわ」
奏絵「その歳で一人旅行してたら驚きだよ」
咲良「学生の時は家族旅行や修学旅行ぐらいだって。あ〜修学旅行っ！　学生に戻りてえええ」
奏絵「途中途中スイッチ入って錯乱するのやめましょう」
稀莉「はい、では二位は？」
咲良「私、ゲスト！　うーん、パンケーキ！」
奏絵「カラオケ？」
稀莉「二位は『写真』でしたー」
奏絵「えー、本当に？」

咲良「あーでもカメラ女子って流行ったね。一眼レフを可愛い女子が持っていると、グッとくるのは悔しいがわかるぜ……」
奏絵「よし、明日カメラを買いに行こう」
咲良「この後でもいいぜ、おかん！」
稀莉「はいはい、一位は何でしょう」
奏絵「ゲーム！」
咲良「コスプレ」
奏絵「コスプレ好きの彼女ってどうなんだろう」
咲良「写真撮りたくなるね。でも誰かに撮られるのは嫌だ、うん、無いな。嫉妬心が芽生える」
稀莉「一位は、『料理』でした」
奏絵「はい、解散解散」
咲良「どうせ、私たちはモテないよ」
稀莉「どんだけ二人とも料理に自信がないの!?　二人とも一人暮らしなんでしょ？」
奏絵「一人暮らししているからって、料理が上手くなるわけではない」
咲良「東京ではお店に困らない。無理して作る必要はないんだ、ないんだ！」
稀莉「強く主張しなくてもいいんじゃありません？　皆は、きちんと料理できる人になるのよ」
咲良「誰が売れ残りだー」
奏絵「どうせワゴンセールなんだ……」

稀莉「まぁオタクライフを満喫するだけで大変なので、それだけでもいいと私は思いますけど」
咲良「三十近くなると周りがどんどんオタク卒業していくんだぜ……、結婚や出産を機にそれどころじゃなくなり……あああ!!」
奏絵「やめよう、歳の話はやめよう!!」
稀莉「この人たち面倒くさいんだけど！」

＊　＊　＊　＊　＊

「つい絶叫してすみません」

「いやいや、私もさくらんに凄く共感したよ。そんなにオタクじゃないと思っていたけど、私も確かにオタクだった」

アラサー二人が暴れたので、さすがに文字通り暴れたわけではないけど、稀莉ちゃんが普段より疲弊していた。

「二人組ラジオで良かったわ。いつも三人、四人とかじゃ堪えられない」

「「ごめんー」」

息もピッタリだった。

「この後、これっきりのお二人は暇？　夕飯行こうぜ！」

さくらんからの嬉しい提案だった。普段ならもちろん行っていた。むしろ自分から誘いたいほど、さくらんとは話が盛り上がり、稀莉ちゃんもきっと楽しめると思った。普段の私なら。

でも、

「ごめん、今日はちょっと稀莉ちゃんと話したいことがあるんだ」

私の言葉に、隣の彼女が「えっ」という顔をする。

「じゃあ、しょうがないねー。また今度行こう。合同イベントもあるしな！」

「ええ、また！」

申し訳ないが今日は駄目なのだ。もう引き延ばしはできない。次の収録の時では間に合わない。

今日、私は稀莉ちゃんに伝えなくてはいけない。

◇　◇　◇

今日の奏絵はずっと可笑しかった。

一見、普段と変わりなく見えたが、心あらずに見えた。「ハッキリ変だ！」とは言えないが、違和感がずっとあった。

そして、収録後に二人で話したいと言われ、私は外に連れ出された。

二人でないと言えないこと。

それは、何か。

思い当たるのは、告白の返事。

今年中待ってほしいと言われたので、十二月の終わりぐらい、そうクリスマス付近に答え、返事をくれるのだと思っていた。

まだ十一月初旬。やけに早く答えが決まったものだ。突然すぎて気持ちの準備ができていない。

だから、今日の奏絵は変だったのか。告白の返事に気をとられ、心ここにあらず。納得がいった。

移動している間は、ずっと緊張して何も喋れなかった。奏絵もずっと口を開かず、静かに目的地へと向かっていた。何処に行くかはわからないが「そんなに遠くない」と彼女は言っていた。

……私たちは付き合うことになるのだろうか。

まだ十代の子とは付き合えない、と先延ばしされるのか。

私のことを奏絵は「好き」と言ってくれた。けれども振られる可能性もある。

怖くて進みたくない。でも、進まなければ彼女との未来が摑めない。足が絡まって転んでしまいそうだった。


「着いたよ」

海の匂いがする。

陽はすっかりと落ちていた。夜景の見える、木目の歩道のある場所に私は連れてこられていた。

静かで綺麗な場所だ。

「寒い時にごめんね、でもあまり人がいない場所で話したくてさ」

「ううん、いいわ」

せっかくならロマンチックな場所で告白されたい。理想としては、展望台や観覧車の頂上がシチュエーションとして最高なのだが、収録現場からはやや遠い。文句を言ってはいけない。ここから見えるビルの光は綺麗で、街の光は幻想的で、側には奏絵がいる。そう、奏絵さえいればいいのだ。彼女がいれば何処だっていい。

「稀莉ちゃん、言わなきゃいけないことがあるんだ。真剣に聞いてほしい」

「う、うん」

やっぱりだ！　彼女の真剣な眼差《まなざ》しに胸の鼓動が速まる。

ドクンドクンと音を立て、外に飛び出ていきそうだ。

聞きたくない。

でも聞きたい。

けれども聞きたくない。

やっぱり聞きたい。

彼女の口がゆっくりと開かれる。神にも祈る、この気持ち。

私は奏絵が好き、大好き。最初は憧れだった。でも今は違う。憧れだけじゃない。仲間、パートナー。そして、今はそれだけでは足りない。

奏絵はそんな私にどんな返事をくれる？

彼女は、吉岡奏絵は佐久間稀莉のことを、

「『空音』の役が、稀莉ちゃんに決まったんだ」

え、あれ？

「……は？」

◇　◇　◇

目の前の彼女は呆然《ぼうぜん》と立ち尽くしているが、私は構わず淡々と告げる。

「『空飛びの少女』がもう一度作られることはもちろん知っているよね。私たちも何度も話題にしたもの。でも、あれは続編の二期ではないんだ。いわゆるリメイク。一からやり直して、原作ラストまで描く壮大なプロジェクトなんだ。その主役に、稀莉ちゃんが選ばれた」

「わ、私そんなの知らない！　どうしてあんたが知っているのよ」

その疑問はごもっともだ。まだ情報解禁されていないことなのだから普通なら私が知っているはずがない。そして知らなくてはいけない主役が知っていない。おかしな状況である。

「稀莉ちゃんの事務所から、うちの事務所に話が来たんだ。私達、一緒にラジオをやっているもんね。揉《も》めるかもと考えたんだと思う。で、先に私に知らされた」

「私やらないから」

すぐに反対の言葉が出てきた。

予想できた答えだ。想定内。

「私だけじゃないんだ。キャストもスタッフも総入れ替え。関わっていた人のほとんどがやりたくてもやれない状況なの」

「あんたはそれでいいの？」

「うん。しょうがないじゃん」

どんなに私が抵抗しても変わることはない。もう決まったことで、私の一存で決定が覆ることもない。

「私は嬉しいんだよ。稀莉ちゃんなら問題ない。稀莉ちゃんなら安心して任せられる」

そう、自分に言い聞かせる。

「新しい『空音』が稀莉ちゃんで良かった」

虚しい笑顔を浮かべる。とんだピエロだ。無理に正当化させる。そうしなければ自分が辛いから。

「嫌」

それでも彼女は認めなかった。

「どうして？　大好きな『空音』の役だよ。稀莉ちゃんが憧れた女の子になれるチャンスなんだよ。監督さんや作者さんも推してくれているんだよ？　役者としてこんなに嬉しいことはないよ」

「私は……」

彼女がキッと私を睨む。私にはない強い意志を帯びた大きな瞳が私を責める。

「吉岡奏絵以外の『空音』を認めない」

私の中の何かが外れた。

「私が憧れたのは、『空音』じゃない。吉岡奏絵が演じた『空音』なの」

偽っていた仮面が剝がれる。

「それを変えたくない。私の憧れを奪いたくない。奏絵は悔しくないの？　あなたの『空音』が人のものになって、別のものになって」

耐えていた思いが、偽っていた気持ちが、つくられた優しさが、

「私なら耐えられない。無理。私に『空音』は無理。奏絵がやるしかないの、私はそれ以外嫌」


「うるさい、黙って」


崩壊した。

彼女が続けていた言葉を止める。驚いた顔の彼女に、私は声を荒らげる。

「え」

「悔しいに決まっているじゃん！　私の『空音』を誰かにあげたくない！　それがたとえ稀莉ちゃんでも認めたくない」

「なら！」

「でも、無理なんだ。わかってよ。もう決まっているんだよ。必死に耐えているんだよ」

「わからないよ！」

「私たちがどんなに足掻《あが》いても結果は変わらないんだ。意地張って稀莉ちゃんが降りて、別の人がやる？　そんなことはもっと耐えられない。受け入れてよ、私の気持ちを考えてよ。君が『空音』になってよ」

「私はやらない！」

どんどん湧き上がってくる感情を無視できない。どうして、どうしてわかってくれないのか。

憎い。この子が憎い。

稀莉ちゃんのせいではない。そんなのは私も当然理解している。

でも彼女は恵まれている。

環境、才能、年齢。そのすべてに嫉妬する。だからこそ情けをかけないでほしい。

「お願い、それしか選択肢はない。受け入れるしかないの！」

「何で」

チャンスがあるなら奪え。理不尽でもやり通せ。私たちはプロの声優なんだ。弱肉強食の世界を生きているんだ。チャンスがあるのに譲る、降りるなんて、余計に私を惨めにさせる。

「何で私なの？」

イラっとする。

どうして私じゃないの？　私が聞きたい。

「わからないの？　言葉にしてあげようか。稀莉ちゃんは売れっ子で、注目度も高い。年齢も演じる役に近く、声が合っている。容姿も整っており、イベントの集客効果も見込める。そして『空飛

び の少女』の大ファンで、『空音』に憧れて声優になった」

イベントのあの日、目の前の彼女は大勢にそう告げた。

「わ、私が憧れたのはあくまで奏絵の」

「そんな声優のことを、一発屋の声優のことを世間は気にしない。欲しいのはエピソードだけ。佐久間稀莉はただ『空音』に憧れて、『空音』を目指して声優になったと都合よく解釈する」

彼女が下を向く。

静まり返る中、波のざわめきだけが聞こえる。

こんな話はしたくなかった。こんな私にはなりたくなかった。

「……私の」

懇願するかのように、彼女は私の目を弱々しく見る。

「私のせいなの？」

稀莉ちゃんは悪くない。彼女の気持ちも考えずに利用されたのだ。彼女も被害者だ。けれども役に選ばれることは名誉なことで、選んでくれた人たちもけして悪意があったわけではない。

ただ彼女の隣に私がいたことだけが、不幸だった。


だから、私は告げる。

稀莉ちゃんは悪くない、とは反対の言葉を、不都合な私が告げる。

「そう、稀莉ちゃんのせいだよ」

優しい言葉を待っていたのかもしれない。否定してほしかったのかもしれない。彼女の悲しみに満ちた顔を私は冷たく見下ろす。

「わかんない、わかんないよ」

彼女の瞳から透明な水滴がこぼれる。

一度、溢《あふ》れると止まらず、小さな彼女はその場にはうずくまる。

「う、うう」

彼女が泣いていた。

「ぐすっ、うう」

心が乱れる。心が騒めく。心が暴れる。

今まで彼女が泣いた姿を見たことはなかった。

私が倒れた時も、イベント前に私とぎこちない関係になっても、どんなに大変なことがあっても、強気で前向きだった稀莉ちゃん。

そんな稀莉ちゃんが泣いていた。

そして泣かしたのは私だった。

彼女が納得するため、嫌でも理解するため、突き放すしかなかった。いや違う。これは単なる八つ当たりなのだ。

小さな子供に、大人であるはずの私が怒りをぶつけてしまった。

「……」

泣いている彼女に何も言葉をかけられなかった。理不尽でも受け入れてもらうしかない。時が経てばきっと彼女も理解してくれる。

そんな願いにも似た、淡い希望。

「ごめん」

泣く彼女を置いて、私は背中を向ける。わんわんと泣く声がさらに強まる。それでも私は振り向かず、重い足を前に進め、その場を去った。

「ごめんなさい」

『いえ、私達の方こそ、吉岡さんにこんな辛い思いをさせてしまい、申し訳ございません』

稀莉ちゃんの元から去り、すぐに彼女のマネージャーである長田《おさだ》さんに電話した。あらかじめここで、告げることを伝えていたのだ。すぐ近くで待機してもらっていた。何かあった時、彼女の助けになるようにと準備していたのだ。

そして悪い予感は的中した。

「泣かしてしまいました。本当にごめんなさい。そんなつもりはなかったんです。でも醜い感情、嫉妬、暗い気持ちがあったのも事実です。『空音』を奪う彼女を私は憎みました。泣くなんて思っていませんでした。私は彼女のことを考えていなかった。今まで甘えていたんです。反抗しながらも、根気強く言えば納得してくれると思っていました。間違いでした。大人げない、本当に大人げない。彼女を傷つけてしまった。泣いた顔なんて見たくなかった」

『吉岡さん……』

言い訳にすれば救われるのだろうか。泣いている彼女に私は何もできない。意味もない懺悔《ざんげ》。

電話越しのマネージャーも困惑している。みっともない。どうしようもなく醜い。

「ごめんなさい。今は私のことより早く彼女の元に行ってあげてください。また連絡します」

電話を切る。

本当の一人になり、後悔と嫌悪の波がどっと押し寄せる。

「ははっ……」

終わった。

本当に何もかも終わりかもしれない。

もうラジオを続けることはできないかもしれない。私の顔なんて稀莉ちゃんはもう見たくないかもしれない。

けれども私に泣く資格はなかった。泣かせた私がめそめそと涙を流して、落ち込むなどしてはいけない。

一人暗い道をただただ歩くしか、

——プルルルル。

一度切ったはずの電話がまた鳴る。

もしかして稀莉ちゃん？　と思ったが、画面に表示された名前は意外な人物だった。

「どうしたのお父さん、急に電話なんて？」

『母さんが病院に運ばれた』

「え……」

気持ちは、状況は、休まることを知らない。

第4章　アオノ願い、赤色のセカイ

理由？　飛ぶのに理由がいるの？

勝つため、国のため、人々のため、仲間のため、家族のため。

違う。全部違う。理由なんていらない。

私が飛びたいから、飛ぶ。ただそれだけだよ。

でもね、理由とは違うかな、最近は違う意味でも飛んでいると思うんだ。
それはね――、

君と同じ景色が見たいから、かな。

◇　◇　◇

落ち着かない気持ちのまま、始発で地下鉄に乗り、東京駅から新幹線に乗った。

全席指定席のシュッとしたエメラルドグリーンのはやぶさ。割高だが、これに乗るのが一番早い。

約三時間で辿り着く。青森もぐっと近くなったものだ。

母親が倒れて、病院に運ばれた……らしい。

父親からは「早く戻ってこい」と言われただけで、詳しいことは何も教えられていない。いつも冷静で寡黙な父親が、電話越しだったが慌てふためいていた。父親が頼りにならない状況なので、命には別状ないと思うがともかく行って確かめるしかない。

ただ、正直言って母親のことだけを心配していられる精神状況ではない。

昨日、私は稀莉ちゃんを泣かしてしまった。彼女を傷つけた。憎まれ役を買って出たのだから、彼女に恨まれ、怒られ、軽蔑されることは想定していた。けれどそれは甘かった。

彼女だって、強くはない。

十七歳と思えないほどに仕事に真摯に向き合い、私に真正面からぶつかり、妥協しない子で、私なんかよりよっぽど大人に見えても、弱さを持っている。泣かれてやっと気づいた。中身は普通の十七歳の女の子なのだ。年相応に悲しいことがあれば泣くし、迷う。

彼女に『空音』に選ばれたと伝える。それは私にしかできない役目だった。

私も被害者なのだ、仕方がない。……そんな言葉では片付けられないほどに、彼女に傷を負わせてしまった。

じゃあどうすれば良かったのか。事務所の人に言ってもらえば良かった？　このまま黙っていれば良かった？　私がもっと抵抗すれば良かった？

窓から見る空は何も教えてくれない。

「はぁ……」

速く通り過ぎる窓の外の風景を見ながら、ため息をつく。

たらればを話しても意味が無い。

家でふさぎ込むより、無理やりでも外に出て移動している方が結果的には良かったのかもしれない。

ただ実家にも問題もある。

母親のことは心配であるが、けして仲が良いわけではない。別に嫌いなわけではなく、鬱陶しいという表現が一番近いだろうか。突然電話が来ては「結婚はいつだ」「孫がみたい」「いつまで声優の仕事を続けるのか」「地元には帰って来ないのか」など、母親の口から出てくる言葉は決まって定型文の文句ばかりだった。

母親なりの心配だと今はそれなりに理解している。けれど声優の仕事が上手くいっていないときの私は、母親のプレッシャーが心底嫌で、大きなダメージを受けていた。

今日も会ったら同じプレシャーを受けるのだろうか。そう思うと億劫な気持ちになるのであった。

◇　◇　◇

「やあね、大げさなのよ、お父さんは」

新青森駅からタクシーを飛ばしてもらい、病院に行く。病室にはベッドの上で元気に話す母親がいた。

「久しぶりじゃない、奏絵。少し痩せた？」

「どうも。心配して損した」

そうは言いながら安心した自分もいる。足にぐるぐる巻かれた包帯を見ると、何もなかったとは言えないが、命に別状はなかった。

凍った路面を滑って転倒し、足にヒビが入り、大事をとって入院させたとのことだった。三日後には退院するとのことで、わざわざ駆けつけるまでもなかった。

そして病室には見知った人がもう一人いる。

「こら、奏絵。そういうこと言うな。当たりどころが悪かったら危なかったんだぞ」

「もうお父さんったら、大慌てで救急車を呼んじゃってねー。奏絵にも見せてあげたかったわ、お父さんが慌てふためく姿は笑えたわ」

「そ、それは母さんが心配で」

「あらまー」

「……まぁ無事で良かったよ」

病室にて父親、母親、私と吉岡家大集合である。何だこれ。

……まぁいい。東京での問題は何も解決していないけど、少し冷静になれた気がする。

「じゃあ、今日の新幹線で帰るよ」

「待ちなさい、奏絵。今日は実家に泊まっていきなさい」

「正月にまた帰ってくるからさ」

「そういっていつも帰って来ないいじゃない」

「そんなこと」

と思ったが、今年の正月も帰らず、去年の正月も帰っていなかった。故郷に帰ってきたのは三年ぶりだろうか。確かに久しぶりの青森の大地だった。

大学生の時は毎年帰っていた。卒業してからも何回か帰っていた。けど、いつからか故郷に戻るのが億劫になった。

理由としては金銭的な面もあるが、それだけではない。

母親に反対された声優になったという負い目。両親にお金を出してもらい、東京の大学に行ったのに大学での勉強は何も生かさず、声優の道へ行ったのだ。もちろん事務所に所属する前に相談もしたが、母親はいつも反対していた。父親からの説得もあり、在学中に声優の仕事は許可してもらったが、あくまでそれは学生の間のことだけだった。大学の卒業時には何も相談していない。無理やりそのままでいることを通したのだ。『空音』という主役を盾に、私はこれからもやっていけると自信満々に。

「実家に寄っていきなさい」

「東京に戻らないといけないんだけど」

「お父さん一人だと心配なのよ。ご飯もつくれないし」

「私も料理できないよ」

「知っているわよ。あんたなら出前を取ることぐらいはできるでしょ？」

父親でも注文ぐらいすることはできると思うのだけど、文句は口にしない。けして料理ができないという弱みを突かれたからではない！

「後、私の部屋から着替えを用意してほしいの。お父さんじゃ、さっぱりわからないと思うから、あんたにお願い。お父さんに渡してくれればいいから」

「……一日だけだよ」

「お父さんはもう少しここにいるから。先に帰っていなさい」

父親から鍵を手渡される。私が持っていた鍵とは違った形状をしていた。いつの間に実家のリフォームをしたんだよ、おい。

不本意ながら、久しぶりの実家への帰宅となったのであった。

◇　◇　◇

新青森駅から電車に揺られ、弘前駅《ひろさきえき》へ。

誰か知っている人に会わないかとそわそわしていたが、誰にも会わなかった。よく考えればお昼休みも終わった平日の昼過ぎだ。普通の社会人なら働いている時間で、会おうと思っても会えない。

そもそも地元にどれだけの知り合いが残っているのか知らない。東京の大学に出てからはすっかり疎遠になっている状態だ。地元に帰る時は連絡して会う友人グループもあったが、その一人の結婚式に招待されるも行かず、それ以来何となく連絡するのが気まずくなっている。相手も新婚生活を満喫しているから、私の連絡なんて気にしていないだろうと思っているが、その他の友人にも全く連絡をしていないし、あっちからも連絡は来ない。そういう意味では地元を捨てたと言われても仕方がない。

久しぶりに帰ってきた弘前は知らない店が増え、道が綺麗になり、何だか知らない場所になっていた。もう私の知る地元じゃないんだな……とちょっと寂しさも覚える。出ていったくせに、勝手な奴だと思う。

駅からバスに乗り、十分もしないうちに実家の前に着いた。

車二台置ける駐車場付きの一軒家。立派とは言えないが、東京じゃお金持ちじゃないと買えないクラスのお家だ。

前見た時はもう少し汚かった気がしたが、綺麗になっている。鍵を使い、ドアを開けるとそこはもう私の知らない家だった。

本当にリフォームしている……。

実家にいた時は「節約しなさい」「あーもう今月厳しいんだから」と母親に怒られたこともあり、うちは貧乏ではないが、そんなに裕福ではないんだなーと思っていた。が、実際の所は何だかんだ稼いでいるのだと実感する。十分に裕福な家だ。文句も言わず、私を東京の大学に行かせてくれたのだ。私は恵まれている。両親に感謝すべきなのだ。

それなのに私は……あーもう気を抜くと、一人になると暗い気持ちになりがちだ。さっさと用事を済ませて、父親が帰ってくるまでゴロゴロしていよう。

「はたして、母親の部屋はどの部屋なのか」

リフォームされたせいで、私のこの家での記憶はリセットされている。部屋の数は佐久間家みたいに豪邸ではないので、しらみつぶしにあたればわかるのだが少し面倒だ。まぁ時間はある。端から開けていこう。

一番端の部屋は、物置だった。というかここに住んでいない私の部屋だった。私の部屋にあった物が段ボールに入れられ、この部屋に追いやられている。私は今日この部屋に布団を敷き、寝なくてはいけないのだろうか……うん、次の部屋に行こう。

隣の部屋は父親の部屋だった。趣味の釣り竿《ざお》や、各地のお土産グッズが置いてある。人の部屋を漁《あさ》るのは失礼なので、さっさと退散する。

次の部屋の扉を開ける。

「ここかなー」

質素な部屋だった。大きな棚や衣装ケースがある。母は食べることや世間話が好きだが、これといった特定の趣味があるわけではない。しいて言えば健康ぐらいか？　健康グッズを買ってはすぐ飽き、地元のフリマで売っていたのを思い出す。

さて、母から頼まれていた着替えを見繕うか。衣装ケースに近づき、手を伸ばす。

ふと横の棚を見た。ＤＶＤなどが置いてあった。何とも思わず衣装ケースに手を伸ばす。

手が止まる。

「……あれ？」

母親の部屋に似つかわしくないものがあった。

手に取る。アニメのＤＶＤだった。それもただのアニメのＤＶＤではない。

「空飛びの少女だ……」

『空飛びの少女』が全巻揃《そろ》っていた。

そして『空飛びの少女』だけではなかった。他にも違う作品のアニメのＤＶＤがある。何でこんなところにあるんだ。『夕色コネクト』『ホワイトカーニング』『カワイイ私のセカイ』『失恋エクスペリエンス』……、全部知っているアニメ作品だった。

それもそのはずだ。

だって、それは私が出演した作品なのだから。

「ははは……」

力が抜け、その場に座る。

何で揃っているんだ。途中で退場したキャラの作品まで律儀に全巻揃っている。笑ってしまう。だってあの人は私の仕事を、声優という職業を毛嫌いしていたのではないか。早く結婚してほしい、孫が見たい、私に人並の幸せを手にしてほしい。そう願っていたのではないか。私にずっとプレッシャーを与えたのではないか。

なのに、どうして私の出たアニメの作品が母親の部屋なんかにあるのだ。私が送ったわけではない。反対している母親に送るはずがない。親戚の叔父さんや、叔母さんが送ってくれたのだろうか。数巻あるだけならその可能性もあっただろうが、隈《くま》なく揃っているのだ。アニメのＤＶＤは決して安くない。そんな律儀な人はいないだろう。

「……わかっているんだ」

そう、わかっている。一番簡単な結論。父親の部屋ではなく、リビングではなく、母親の部屋に私の出演作が揃っている意味。

母親がわざわざ集めたのだ。私の出ている作品をコレクションした。それもつい最近認めたわけではない。デビュー作からきちんとあった。それはずっと前から認めていたという事実。

「ははは……」

可笑しい。笑ってしまう。あの母親が、私の敵だった母が、私の声優の仕事を応援していた。目が潤む。泣いてはいけない。今は泣く資格はない。

でも嬉しい。嬉しくて気持ちが止まらない。

その嬉しさに自分の気持ちに気づく。

――私は認めて欲しかったんだ。

認められたかった。母親に反対されたくなかった。応援してほしかった。声優として輝いている私を見て欲しかった。普通の、人並の幸せなんていらない。親不孝者でも、それでも私は自分の、自分だけの幸せをつかみたかった。声の仕事をしている私はどうしようもなく幸せで、どんな仕事よりも生き生きとしていた。そんな私を見て欲しかった。

見ていた。声優の私を母親は見てくれていたんだ。

言葉では何も言ってくれない。でもこの部屋を、この棚を見ただけで伝わる。言葉以上に色々なものを伝えてくれた。

私は青森に帰ってきて初めて笑顔を浮かべた。

「出前を承諾したのは、父さんだがな」

「はい」

「ピザはどうかと思うぞ、奏絵」

「……はい、その通りですね」

二人しか食べないのに机の上にピザの箱が三つ並んでいた。晴れた気持ちでついつい「今日はピザパーティーだ」とウカれてしまった一時間前の私を怒りたい。でも、たまに食べるピザって凄く美味《おい》しいんだ。それに二枚頼むと一枚無料のキャンペーンをしていて、それなら貰っておくのがお得だ。

「ごめん、責任を持って全部食べるから」

「食べないとは言っていないが」

父と娘のピザパーティーが始まった。

だが、のんびりとウカれている場合ではない。

「お父さん」

「……なんだ改まって。結婚でもするのか」

「いや、しないけど。悪いけど、ピザ食べたら今日帰るよ」

「泊まっていかないのか」

「どうしても会わないといけない人がいるんだ」

父親が眉をひそめる。

「男か」

「違うけど」

即答するも、素直に信じてくれない。

「そうか……本当か？　本当に男じゃないのか？」

「本当だよ。女の子」

「うむ」

安心したのか、信じていないのか。よくわからない顔だ。

「会っても解決するかわからないし、もっと傷つけちゃうかもしれない」

「うむ」

「でもここに留まっていちゃいけないのは確かなんだ」

「うむ」

「これっきりにしちゃいけないんだ！」

父親には何のことを話しているか、さっぱりだろう。それでも父親は納得したのか、頷き、快く送り出す。

「わかった、早く東京に帰れ」

「うん、ありがとう」

そして私は言葉を繰り返す。

「ありがとう、お父さん」

「さっきも聞いた」

「さっきとは違う意味だよ。それにお母さんにも言っといてね」

「うむ」

色々な気持ちを込めたありがとう。そして私は宣言する。

「私は東京で生きていく。青森には帰らない。声優として頑張るから」

「わかっているよ、お母さんだってわかっている」

三十歳近くになっても父親、母親にとって私はいつでも子供だ。この人たちを飛び越えることはできない。否定しながらも見守ってくれているし、密《ひそ》かに応援してくれている。

「うん、知っているよ。えへへ、もっと大きな棚を準備しといてね」

次はラジオCDを収納できるように。

「いつか紹介するからね。一緒にラジオをしている、私の大好きな相方を。いつか青森に連れてくるから」

すべてが解決したら、きっと。いつか私の育った地元に、私を応援してくれる二人の元に。

「……本当に男じゃないんだよな、奏絵？」

何度言っても、父親は疑いの眼差しを向けてきたのだった。

◇　◇　◇

青森の夜の空の下は冷える。今年は特に寒く、まだ十一月なのにすでに雪が積もっている。精神はズタボロだったが、きちんと防寒対策をしてきた出発前の私を褒めてあげたい。

券売機にお金を入れる。

一日も経たないうちにまた新青森駅にやってきていた。往復の新幹線代だけでけっこうな値段になり、痛い出費だ。正直、一泊もしない移動に新幹線を使うのはもったいない。けれどもお金で買えないこともある。

母親の怪我《けが》も命に別状はなかった。動揺していた父親も落ち着き、実家に戻るといつもの父親だった。そして二人の私への気持ちを知ることができた。

突然の帰省だったが、選択は間違っていなかった。三年ぶりの青森。滞在時間は短かったが、帰ってきて本当に良かった。

そして、間違いを正しに行く。

果たして間違いだったのかもわからない。東京に戻ってどうすればいいかもわかってはいない。

でも、私の気持ちはわかっている。

——大好きな君に会いたい。

私を突き動かすのはそれだけ。それだけでいい。

行きと同じ『はやぶさ』に乗り込む。平日の夜だからか乗っている人は少ない。まだ二十時になっていないが、新青森駅から東京行はこれが本日最後の新幹線である。椅子に座り込み、窓の外を見る。ちょうど隣のホームに電車が到着したのが見えた。

東京に着くのは二十三時過ぎだ。それまでに稀莉ちゃんに連絡し、明日会う約束を取り付ける。明日も平日で学生の稀莉ちゃんは学校だ。会えるとしたら夕方か、夜。仕事が入っていたらほとんど話す時間はないかもしれないが、少しでも時間をつくってもらうしかない。稀莉ちゃんもこのままでいいとは思っていないはずだ。どうにかして会いたい。

一方的に言った私が、もう一度会って話がしたいと言う。都合がいい話かもしれない。普通なら会ってくれないだろう。身勝手だ。頼れるのは、絆《きずな》、友情、好意……何と表現したら良いかわからない、言葉にはできないもの。私たちが積み上げてきた「何か」を信じるしかない。

車内アナウンスが流れる。まもなく出発するとのことだ。

そういえばお土産を買っていない。

でも旅行ではないし、謝りに行くのにお菓子を持っていくのも何だか違う気がする。また来る。いつか二人で来るのだ。お土産を選ぶのはその時でいい。

外を眺めると、雪がぱらぱらと降り始めていた。

「……えっ」

思わず声が零れた。

それは雪が見せた幻か。はたまた夢の世界に潜り込んでしまったのか。目を擦ってもう一度確認するが、幻は消えなかった。

頭で考えるより、体が先に動いていた。

勢いよく立ち上がり、頭上の荷物棚からバッグをつかみ、席を後にする。

扉から飛び出し、ホームへ降り立つ。ここからじゃ確認できない。そのまま駆け足でエスカレーターへ向かう。

『東京行が発車します』

ホームにアナウンスが流れる。

東京行の終電だ。何を私はしているのだ。これを逃したら今日中に東京に帰ることはできない。

今ならまだ戻ることができる。

それは私が見せた幻。

それは私の会いたいという願い。

「……行くよ、私」

違う。

私は立ち止まらない。

エスカレーターを転げ落ちないようにしながらも必死に駆け降りる。発車メロディーが流れるも振り返らなかった。

「はあ、はあ……」

長いエスカレーターを降りきり、辺りを見渡す。

急に体を酷使したので、悲鳴をあげている。でも休んでいる暇はない。必死に探す。見えないはずの幻を追う。

「……いた」

ちょうど改札を出ようとするところだった。

いるはずがない。ここにいていいはずがない。

でも、私の目には確かに映っていた。

ここは夢の世界でも、それは私の願望が生み出した幻影でもない。

私は人目もはばからず『彼女』に大きな声で呼びかける。

「稀莉ちゃん！」

彼女が振り向き、私に気づく。驚いた顔。

驚くのは私だ。何で、ここで出会うのだ。

会いたかった彼女。私が傷つけてしまった女の子。謝りたかった人。

走っていた。

私は彼女の元へ駆け寄る。

どうしているのだ。どうして青森にいるのだ。いるはずがない。傷ついた彼女がどうしてここに来られようか。あれからまだ一日だ。どうして、どうして。

「奏絵……？」

私の名前を呼ばれた。嬉しくて、また呼び返す。

「稀莉ちゃん！」

駆け寄った勢いで足は止まらず、彼女を強く抱きしめる。稀莉ちゃんはよろめきながらも、しっかりと私を受け止めてくれた。

幻じゃない。

夢の世界じゃない。

温かい。彼女は確かにいた。私の腕の中にいた。

少し体を離し、彼女の顔を見る。

言いたいことはたくさんある。会いたかった。会いたくてたまらなかった。傷つけたことを、泣かせてしまったことを、悲しませたことを謝りたかった。

聞きたいことはたくさんある。どうして青森まで来たの？　私を追って？　傷つけたのは私だよ？　今日は平日だよね？　学校は？　仕事は？　親にちゃんと言ったの？　どうして、どうしてなの？　幻じゃないよね？　夢じゃないよね？

先に口を開いたのは彼女だった。

「来ちゃった」

そう言って、彼女は悪戯《いたずら》に笑ったのであった。

「来ちゃったって……」

軽い気持ちで、つい来れる距離ではない。新幹線に一人、高校生の女の子が、青森に行くなんて馬鹿な話だ。

でも私に会いたいと思って、稀莉ちゃんから会いに来てくれた。

たまらなく嬉しい。私のために来てくれた彼女が愛おしい。

「馬鹿なの？」

「ふふふ」

「……もう、ありがと」

満足気な表情の彼女に安心する。

危うく東京行の新幹線に乗り、すれ違うところだった。あのまま新幹線に乗ったままだったら、稀莉ちゃんを一人残すことになっていただろう。無事でいてくれて良かった。さらに彼女を傷つけたら、罪悪感から顔向けできない。

もう放したくない。満たされた心が、この温《ぬく》もりを手放すことを拒む。

ただ、いつまでも寒い改札前で抱き合ったままではいられない。

「さてですね、稀莉ちゃん」

「なに、奏絵？」

近距離から稀莉ちゃんの声が聞こえ、思わずドキッとする。抱きしめたままなので、そりゃそうだが、落ち着かない。

「今、直面している現実をみよう」

「奏絵に会えて嬉しい！」

ドクンと強く鼓動を打つ。

真《ま》っ直《す》ぐな健気《けなげ》な言葉に顔を赤くするが、落ち着くんだ私。あー、もう凄く満たされている、冷静になるんだ、よしおかん！　自分でよしおかんって言っちゃって冷静じゃない！

「奏絵？」

「私も会えて嬉しい」

会うことに迷っていた。けれどもやっぱり会いたい気持ちが一番強かった。

「本当奇跡みたいだし、今でも夢じゃないかと思っている。で、言いたいことはたくさんあるし、聞きたいこともたくさんある。けど、とりあえずね」

「うん」

「もう東京に戻る終電がない」

乗ろうとしていた、東京行の最後の新幹線は去ってしまったのだ。今日中に東京に帰る手段はない。

彼女は私から目線を逸らし答える。

「う、うん。知っていたわ、新幹線って二十四時間走っていないの、知っていた。さすがの私でも知っていた」

「その反応、何も考えてなかったよね⁉　もし私に会えなかったらどうしたの⁉」

「あ、会えたもん」

うっ、何を言っても可愛い。膨らました頬にキュンっとするが、違う、今は違う。

「とりあえず、とりあえずさ、今日は東京に帰ることができない」

「うん」

「だから、泊まる場所を探そう」

稀莉ちゃんは「そうね！」と元気よく返事をした。

……本当にどうするつもりだったんだ、この子。よく考えているようで考えていない。感情に素直で、気持ちのまま行動する子だ。おかんとしては心配になっちゃうわ……。だからこそ隣にいたいと思うんだけどさ。

きっとその気持ちはお互い様だ。

宿泊先で一番に思い浮かんだのは、実家だ。実家ならお金はかからないし、お客さん用の布団もあり、泊まるのに不便はない。

しかし、父親に「今度連れてくる！」と言って、すぐに「連れてきちゃいました」ではさすがに早すぎて、腰を抜かしてしまうだろう。心の準備ができていなすぎる。親不孝者の私でも気が引ける。それにいきなり稀莉ちゃんを親に会わせるのは……いきなり？　いや、別につ、付き合ってないし！　でもでも父親に挨拶は不味《まず》いだろう！　駄目、実家に連れていくのは駄目！　それに連れていくのは母親がいる時だ。入院している今じゃない。両親が揃っている時に連れていかないと……け、結婚の挨拶じゃないよ？　そもそも十七歳じゃ結婚できないからね!?

となると近くで宿泊先を探すしかない。安く済むからといって漫画喫茶やカラオケで一夜を過ごしたくない。せっかくなのでゆっくりと休める場所がいい。もうお金のことなんて知らない。一度使っちゃうとお財布の紐《ひも》は緩まる。後はどうにでもなれだ。

携帯で近くの宿を調べ、電話をするとちょうどよく空いていた。

ただ一つ問題があった。

「一部屋しか空いていないらしいけどいい？」

「しょ、しょうがないわね」

一部屋にせよ、二部屋にせよ、稀莉ちゃんとは色々と話をしなくてはいけない。同室の方が都合が良い、と自分に言い聞かせる。ひとまず寒さで凍える心配はなくなったわけだ。

「電話した、吉岡です」

ホテルのロビーに着き、受付をする。稀莉ちゃんには、少し遠くの椅子に座って待ってもらっている。別に駆け落ちでもないし、やましいことは何もないが、関係は詮索されたくなかった。友達同士の旅行には見えないだろうし、説明するのは面倒だ。よく見られて姉妹か従妹といったところか。親子には見られたくない。

そんな心配をよそに、あっさりと部屋の鍵をゲットする。

エレベーターに向かう私の元にすかさず稀莉ちゃんが寄ってきて、手を握る。

「……」

軽い冗談が出てこないほど、緊張を自覚する。何を緊張しているんだ、私！　いかがわしい関係じゃないよ、お父さん、お母さん！

エレベーター内でも無言で、部屋に着くまで生きた心地がしなかった。前にテーマパーク隣接のホテルに一緒に泊まったはずなのに、慣れやしない。それにあの時とは気持ちの大きさが違う。

「おー」

部屋の扉を開け、思わず声が出る。急に泊まることになったが、なかなかに立派な部屋だった。

「綺麗な部屋ね」

「そうだね、さあ入って入って」

やっと会話をし、緊張がほぐれる。

稀莉ちゃんも同じ気持ちなのか、ベッドにダイブし、はしゃぐ。何だか修学旅行気分だ。よし、私も自分のベッドにダイブだ……と思ったが、あれ？

「あれ、この部屋ってベッドひとつだけ？」

「え？」

部屋を間違えたかなと思い、扉の番号を確認したが、間違いなくこの部屋だった。立派な部屋にあるのは、立派なダブルベッドひとつだけだった。一人で寝るにはやけに大きいベッドだな～と思ったが、そういうことか。

この部屋にはベッドが一つしかない！

つまり安眠を得るためには、この一つのベッドで一緒に稀莉ちゃんと寝るしかない！　いや、それはそれで全く眠れる気がしないのだが。

「……」

「……」

沈黙が流れる。安らいだ気持ちも一瞬だった。

……気まずい。え、えい！

「お、お風呂に行こうか？」

「え？」

そう、このホテルには大浴場が備わっているのだ。しかも露天風呂があるらしい。旅の疲れにはお風呂だ。寒い日には体を温めないとね。

本音は、ともかくこの部屋に二人でいたくない。逃げたい！　何だかこんなこと前にもあったような……。

「あっ、嫌だよね？　いい、私一人で行くから」

そう言って逃げようとすると、服の袖を掴まれた。恐る恐る振り返る。

「一緒に行かせてもらいます」

逃げることはできない、強い圧を感じた。


二人で赤い暖簾《のれん》をくぐる。

本来、実家に泊まるはずだったので着替えはちゃんと持ってきている。備えはバッチリだ。稀莉ちゃんも泊まり覚悟で東京から飛び出したので、着替えは問題ない。

問題なのは心の準備。

別に女子同士だし、気にするもんじゃない。……と思ってはいるが、お互いになかなか服を脱がない。

稀莉ちゃんをちらりと見ると顔を背けた。

「「…………」」

意識せずにはいられない。ただ、このままではにっちもさっちもいかない。お互いに牽制しあって身体《からだ》を冷やし、風邪を引くなんて馬鹿なことはしたくない。

意を決して服を脱ぐ。さっとタオルで隠し、彼女の方を振り向かず、浴場へ。私がいなくなれば、稀莉ちゃんも大丈夫だろう。彼女から付いてくると言ったのだ。部屋に戻るなんてしないよね？


「ごくらくー」

平日の夜遅くだからか、人は私たち以外誰もいなかった。大きな湯船を独占状態だ。それになんと露天風呂つきだ。身体をさっと洗い、私は足早に露天風呂に突入したのだった。

なお、稀莉ちゃんは私が洗い終わる頃にやっと浴場に入ってきた。気持ちの準備が長いことで……。

外はまだ雪が降っており、顔は寒いが、お湯加減はちょうど良く、身体は温められた。雪降る中、お風呂に入るのも趣深く、心身ともに癒される。このまま悩みも吹っ飛んでしまえばいいが、そういうわけにはいかないよな。

稀莉ちゃんの母親にはホテルに着く前に電話した。無事会えたことを喜ぶ声に、再会の奇跡を『愛の力ね』の一言で片付けられた。謝罪をしたが、軽く流され、「せっかくだから明日は観光してきなさい。門限過ぎてもいいから、稀莉を楽しませてね」と言われる始末だった。

早朝の新幹線で東京に帰ろうと思っていたので、どうしたものか。幸いなのかどうかわからないが、私は明日も仕事はない。稀莉ちゃんにもお金をわざわざ払ってきてもらったので、確かにこのまま何もせず帰るのはもったいなかった。

でも稀莉ちゃんはまだ学生で、明日も平日だ。親公認とはいえ、学校を休んでいいの？　私としては、地元を稀莉ちゃんに紹介できるのは嬉しいが、学校を休ませて連れまわすとなると気が引ける。

そんなことを考えると、横から気配がした。

「お、お邪魔します」

考え事をしていたからか、気づかぬうちに稀莉ちゃんが露天風呂に来ていた。ちゃぽんと湯につかり、私から少し離れた距離に座る。

「いい湯だね」

「ええ、そうね。雪も降っているし」

「こっちじゃ普通だよ」

「東京じゃ珍しいから。それになかなか露天風呂なんて入らないわ」

「温泉とか行かない？」

「両親二人とも忙しいから、なかなか泊まりとなると難しい」

思えば私も両親と温泉に行った記憶はあまりない。アラサーになってから温泉のありがたみを知った気がする。稀莉ちゃんもいずれ知る時が来るのだろう。

「八つ当たりしてごめん」

「ううん、私も困らせちゃった。気にしないで」

「それでもだよ。本当にごめんなさい」

どんなに謝っても私の罪の意識は消えない。泣いた稀莉ちゃんの顔はもう二度と見たくない。

「はいはーい、謝罪タイムは終了。のぼせちゃうわ」

「ごめん、ううん、ありがとう。そういえば、長田さんは何か言っていた？」

長田佳乃《よしの》さんは稀莉ちゃんの事務所のマネージャーだ。長田さんには、私が泣かせた後の稀莉ちゃんを任せてしまい、非常に迷惑をかけた。

「無事に会えてよかったですねと」

「本当？」

「だいぶ呆れられていたけどね」

アハハと愛想笑いで相槌《あいづち》を打つ。

「そもそもどうして私が青森にいるってわかったの？」

私は自分の事務所にしか伝えていない。

「佳乃に聞いたの」

「長田さんに？」

「そう。朝になって事務所にすぐ電話したわ。あの夜すぐに佳乃が来たから、計画的犯行だってわかっていた。で、私から奏絵を呼ぶのは、さすがにちょっと辛くて、佳乃から連絡してもらおうとしたの。佳乃は律儀に、奏絵の事務所に連絡して、そして奏絵が東京にいないと知った」

「で、来ちゃったと」

「うん、来ちゃった」

飛躍しすぎている。私が東京にいないとわかって、青森に来る、追いかけてくる。すぐ戻るつもりだった。少し待っていれば東京で会えた。

「聞きづらいんだけどさ、どうしてそこまでして私を追ってきたの？」

どうしてそこまでしてくれるのか。稀莉ちゃんは伏し目がちに答える。

「怖かったの」

「怖かった？」

「このまま奏絵がいなくなっちゃう気がしたの。もう会えないかもしれない。不安で心が埋めつくされた」

「私は、いなくならないよ」

「わからないじゃない！　もう東京に帰って来ないかもしれない。青森に戻ったままかもしれない。私はこれっきりにしたくなかったの」

これっきりにしたくない。

私と同じだ。これっきりにしちゃいけなかった。

「それによく考えたの。奏絵の気持ちを。『空音』を奪われた奏絵の気持ちを」

『私』を失った、私の気持ち。

「とっても辛くて、痛いほど気持ちがわかって……でも、それなのに奏絵は私に正直に言ってくれた。嫌な役目を引き受けて、私に言ってくれた。一番辛いのは奏絵のはずなのに、奏絵から伝えてくれた」

「そんなことない。結局、八つ当たりしちゃったしさ。稀莉ちゃんを傷つけた」

「私だって、役が奪われたら嫌。思い入れのあるキャラが、自分の半身が人のものになったら耐えられない」

稀莉ちゃんが同じ立場だったら上手く伝えられただろうか。わからない。私だから失敗したのか。誰でも同じことになるのか。

「だからね、ありがとう奏絵。あなたから伝えてくれて」

私は稀莉ちゃんを傷つけた。彼女の才能に嫉妬した。恵まれた環境を恨んだ。稀莉ちゃんの強さを過信して、泣かした。

それなのに彼女は私にお礼を言う。

「お礼を言われる資格なんてないよ。ごめんね、本当にごめん。言い訳だけど、傷つけるつもりはなかった。何としてでも、意地でも納得してもらいたかったんだ」

それが彼女のためだと思ったから。私が諦める理由になると思ったから。

ただ、私の気持ちはまだ納得できていない。

「でもね、正直今でも稀莉ちゃんに嫉妬している」

『空音』を演じられる、稀莉ちゃんを妬んでいる。真っ黒な気持ちを否定できない。

私の一部が彼女の中で生きていく、なんて割り切った考えはできない。

「空音は私のもので、譲りたくない。気持ちは急に変わったりなんかしない」

「わかっているよ、私もそうだから」

「だからさ、正直どうしたらいいか、わからないんだ。気持ちの整理がつかない」

答えがわからない私に、彼女は優しく微笑む。

「いいのよ、そう言ってくれたら良かったの。わからないでいいの。二人で考えれば良かった。紙に書いたじゃない。何でも相談するって」

「あっ、そういえば誓約書があったね……」

ラジオイベント前に無理やり書かされたんだっけ。

「①困ったことがあったら何でも話すこと。②悩みはすぐに相談すること。一人で抱えないこと。③嬉しいことがあったら、報告すること。④一人で解決しないこと。⑤私のことを一番に考えること」

「何で、暗唱できるの!?」

「当たり前よ。今回は①と②と④が誓約書違反だから、覚悟しときなさい」

「冗談は置いといて」

「私は本気よ、奏絵」

目がマジだ、怖い。は、話を戻さないと。

「一番はね、私が『空音』にこだわらない、売れっ子声優になることだと思う。『空音』しかないから、『空音』しかなかったから私は彼女に縋《すが》り、執着しているんだと思う」

たくさんの代表作に、たくさんの役があれば、一つの役にこだわらなくて済む。役への思い入れが消えるわけではないけど、それでも執着はしなくなる。

「成功体験が少ないんだ、もういい歳なんだけどね」

「そんなことない。私だって奏絵の演じる『空音』に出会わなければ声優にならなかった」

「ありがと。でもね、今の私は『空音』だけじゃないと気づいたんだ。馬鹿だね、青森に来て、一人になって気づいた」

それはいつの間にか当たり前になっていて、その呼び方にも違和感がなくなり、私となっていたもの。

「私は『よしおかん』でもあるんだ。ラジオのパーソナリティで、稀莉ちゃんの相方。たぶん『これっきりラジオ』がなかったら私は今回のこと耐えきれなかった」

よしおかんであるから救われた。私には『空音』を失っても、ラジオのパーソナリティがある。

一年も経っていないけど、私の自信の源だ。

「『空音』じゃなくなっても、私は『よしおかん』だから」

けど、それでもまだ弱い。

稀莉ちゃんが口を開く。

「私ね、考えたの」

「うん」

「受け入れる必要はないんじゃないかって。『空音』はどこまでいっても奏絵のものなの」

「私のもの……」

「空音は奏絵のもの。でも新作によって空音が私のものになってしまう」

決められたことは変えることができない。どうにもならない。

「それならね」

彼女は、自信満々に言い放つ。

「空音を演じる私ごと、奏絵のものにしちゃえばいいの」

「…………………ん？」

……はい？　何を言っているんだ、この子は？

「だから、私が奏絵のものに」

「ちょっと待って、頭の中整理するから、タンマ、ちょいタンマ」

空音は私のもの。けど空音が稀莉ちゃんのものになる。だから、稀莉ちゃんを私のものにする……？

「あれよ、A＝B、B＝C、だからA＝C。奏絵も私で、私も奏絵なの」

奏絵＝空音。空音＝稀莉ちゃん。つまり、奏絵＝稀莉ちゃんって。

「ちょ、超理論だ!?」

「三段論法よ」

「呼び方の問題じゃなくて！」

いやいや、考えがぶっ飛びすぎだろう。

「佐久間稀莉は奏絵のものになります。そしたら、私が演じる空音も奏絵のものになる！」

「いやいや、何言っているの!?」

屁理屈《へりくつ》にもほどがある。

「で、答えは？　奏絵のものにしてくれる？」

「ものって言い方はどうかと思う！」

「そういう問題じゃない！」

「で、ですよねー」

目をキラキラさせないでくれ。勢いで納得しそうな私がいる。待て待て、流されるな！　可笑しいから！

私の中で新しい定義を生み出す。名づけてしまう。答えを出すことが『空音』の問題は解決することになるのか。

それに、答えなんてとっくに出ている。彼女が青森まで来てくれて、その思いはより強まった。

ただ言葉にしないだけ。言葉にできないだけ。

「稀莉ちゃん、こういうのはロマンチックに言うものだと思うの。少なくとも全裸で言うものじゃない」

「だからこそよ。何もかも曝《さら》け出《だ》しているの。今ここに隠すものなんて何もない」

なかなか脱衣所から出てこなかったくせに、口は達者だ。

けれど私はズルい。タイミングを読むし、こういうのは中途半端にしたくない。大切にしたいと思っている。

「ごめんね、今は言葉にしない」

湯の中から立ち上がり、稀莉ちゃんの元に近づく。

「か、奏絵!?」

「だから、今はね」

大切にしたいといいながら、矛盾した行動。

彼女の顔に触れる。

小さな顔は一瞬で林檎《りんご》のように真っ赤になった。
潤んだ目に私が映る。
今は言えない。だから彼女が安心できるように、私は契約する。
心臓の音は速くなる。取り返しのつかないことかもしれない。
でも、これぐらいは許してほしい。
彼女の少し湿った前髪をかき上げ、
熱くなったおでこにそっと口づけた。

時間にして数秒。

けど、永遠にも感じられる時間だった。


彼女から離れる。

稀莉ちゃんは目をまん丸に大きく開け、何が起きたのか理解できていない様子だ。

「明日はせっかくだから青森をまわろうか」

でも、言葉はしっかりと返ってきた。

「……婚前旅行？」

「違うからねっ！」

部屋に戻り、愕然《がくぜん》とする。

「そうだ、ダブルベッドだったんだ……」

◇　◇　◇

先ほどはつい勢い……というわけではないが、彼女のおでこにき、キスをしたわけでして。その後は恥ずかしくなって私は先に露天風呂から出て、部屋に戻ってきたわけなのだが、すっかり泊まる部屋のことを忘れていた。

「いやー、失念、失念」

笑えない。

ダブルベッド。一つのベッドに二人で眠る。

自分でやっといてあれですが、意識しすぎて眠れるわけがない！　後のことも考えずに行動するなって。冷静になれよ、自分。……冷静になれるか！

ずっと立っているのは辛いので、ベッドに腰かけ、ペットボトルのお茶を一口飲む。部屋に戻る途中、ビールの自販機に誘惑されかけたが、泣く泣くお茶のペットボトルを買った。この状況で酔うのは非常にマズイ。

トントン。

扉が叩かれ、向かう。

「はーい」と返事すると、「開けてー」と可愛い声が返ってきた。扉を開くと顔がゆでだこ状態の稀莉ちゃんがいた。きっとその赤さは湯上がりのせいだけではない。

「おかえり」

「ただいま」

なんだこの新婚ごっこは!?

部屋に入り、早速彼女はベッドに座る。私も少し距離を空け、腰かける。ダブルベッドの件はとりあえず頭から離し、別の話題を出す。

「さて、稀莉ちゃん」

「何よ、奏絵」

「さっきは勢いで青森を観光しよう、と言ったわけですが明日は学校だよね？」

「誘っといて聞くの？」

「すみません」

我ながら情けない。稀莉ちゃんの母親に「旅行でもしてきなさい」と言われ、お風呂で悩んでいたにも関わらず、高揚した気分に負けていた。

「それで、学校はあるんだよね？」

「あるけど、ない」

「ど、どういうこと？」

どっちだ。ハッキリしない。

「あのね、今うちの高校は文化祭準備期間でバタバタしているの」

「ふむふむ、そういう季節か。秋の文化祭か」

文化祭、懐かしい響きだ。あまり覚えてはいないけど。

「普段から仕事で学校を休むことが多いから、クラスの出し物には一切関わっていないの」

「仕方ないよね、私も大学の行事はほとんど参加しなかったよ」

「協力したい気持ちはあるけど、準備って放課後もするでしょ？　クラスの人たちも理解してくれて、私は分担なしの暇人なの。別に暇ってわけでもないけど」

「ということは、つまり」

「そう」

「ボッチってこと？」

「違う！」

強く否定された。

「ぼ、ボッチじゃないし。友達は結愛がいるし、あ、あとは……」

「ご、ごめんね。文化祭に向けてクラスが盛り上がっている中で、何もしていない稀莉ちゃんは疎外感が半端ないってことだよね」

「腑《ふ》に落ちないけどそうよ！」

「ちょうど良いって言っちゃあれだけど、稀莉ちゃんにとっても休むのは好都合なわけだ」

「その通り」

「でも、学校を休ませていることは休ませているし」

「青森まで追いかけさせた人が言う台詞？」

「そうだけどさー」

それに朝ダッシュで帰っても、学校の一時間目には間に合わないだろう。遅刻するぐらいなら休んじゃえばいい、のだろうか？

「いいの、私には学校より大事なことだから。奏絵と一緒にいられることが文化祭よりもずっと大切だから」

青森にいるからって、林檎のように赤面させる台詞ばかりだ。旅先で私も彼女もどこかネジが外れている。

「明日は楽しい思い出にしてね」

「ど、努力します」

ベッドに寝っ転がり、携帯を見ながら二人で明日の旅行プランを立てる。

「ここ、いいね」「美味しそう」「写真映えする場所ね」とお互い意見を言い合う。私の地元の弘前に寄るのはもちろん、美味しいご飯も食べたいし、自然も満喫したい。せっかくだから色々なところを巡り、青森を満喫させてあげなくては。

「ふわぁ……」

「眠い？」

「そうね、新幹線で来たけど、何だか疲れちゃったわ」

気づけばもういい時間だ。

それにあんなことがあって、きっとロクに眠れていないのだろう。

「そろそろ寝ようか」

「ん……うん」

眠そうな声。小さな彼女にとって不安で、大変な大冒険だったのだ。ダブルベッドが何だ。お姫様には休息が必要だ。

「寝る時は電気を全部消す派？　豆電球派？」

「どっちでも、いい」

「じゃあ、全部消すね」

部屋は真っ暗な闇に堕ちる。稀莉ちゃんが先に入った布団に私もお邪魔する。距離をあけて入ると、少し身体がはみ出た。

「稀莉ちゃん」

「うん？」

「布団に入りきらない」

「私も、はみ出る」

「ちょっと寄っていい？」

「う、うん」

「わ、私は左を向くから。稀莉ちゃんは右を向いて。背中合わせならオッケーだよね」

「お、オッケー……」

もぞもぞと移動し、私の背中と彼女の背中が触れる。

……何がオッケーだ。

全然良くない。手が汗ばむ。顔が熱い。恋する乙女か、中学生か。私はアラサーのよしおかんだぞ。

「……奏絵」

背中越しからか細い声が聞こえる。

「どうしたの？」

「いなく、ならないでね」

もういなくならない。彼女から離れるなどしない。

「うん、私は側にいるよ」

「良かった」

ほっとした声がし、少しすると彼女の寝息が聞こえてきた。


私は空音を失う。

彼女に奪われる。

でも、私のセカイには彼女がいる。私を認めてくれる彼女が側にいる。

私の隣にはこの温かさがある。

空音を失うより、彼女を失う方がずっと辛い。

それが、私の答え。

自覚してしまった願い、私のセカイの全て。

彼女の体温を感じながら、やがて私も眠りについた。

◇　◇　◇

「お魚おいしいっ！」

「お、青森の味がわかるかい？」

「悔しいけど、東京とは味が違う。新鮮！」

やってきたのは八食《はっしょく》センターだ。

午前中は種差《たねさし》海岸で海を感じ、その後は蕪島《かぶじま》で空を飛ぶ大量のウミネコを見てきた。せっかくなら蕪島神社の頂上まで行きたかったところだが、現在再建工事中とのことで特に祈ることはせず、ウミネコ鑑賞会を満喫し、後にした。

そして、お昼を食べに八食センターに来たわけだ。

「せんべい汁もなかなかいけるわね。最初はせんべいを汁物に入れるとか頭可笑しいと思ったけど」

「でしょー。柔らかすぎず堅すぎない状態にせんべいをするのが理想なの」

「詳しいわね」

「そりゃ、小さい頃から食べていますから」

私が育った味を稀莉ちゃんと味わう機会があるなんて思ってもいなかった。

新鮮な魚や、青森名物を堪能《たんのう》した後は、私の地元の弘前へ。

「せっかくならねぷた祭に案内したかったなー」

「今は真逆の季節でしょ、仕方ないわ。それに奏絵といればいつだってお祭りだから」

「私ってそんなに愉快？」

「いつでも楽しいってことよ！」

私だって稀莉ちゃんといれば飽きないし、楽しい。


そんなこんなで二度目の弘前駅に着く。昨日ぶりの弘前駅だ、短期間すぎる。父親と遭遇することはないだろうが、誰かに会う危険性もある。

そして、その心配は現実のものとなった。

「あれ、奏絵先輩？」

茶色の内巻きの髪型の女性が私を呼び止める。

「誰？」と最初は思ったが、徐々に昔の記憶が蘇《よみがえ》る。当時は制服を着ていた。髪も黒くて、もっと長かった。私を慕っていた女の子。

「里美《さとみ》ちゃん？」

「そうそう、そうですよ！　わー懐かしいな。帰ってくるなら言ってくださいよー」

「いやいや、急な帰省だったもので」

高校時代、同じ部活だった後輩の子との再会。最後に会ったのはいつだろう。名前を呼ばれなかったら気づかず、そのまま通り過ぎていたはずだ。そんな曖昧な記憶。

「久しぶりですね」

「うん、久しぶり。綺麗になったねー」

「えへへ、そうですか。私もいい歳ですけれど、褒められると嬉しいですね。それでどうして東京にいるはずの先輩が、弘前にいるんですか？」

「うーん、まぁ色々あってね……」

一言では説明しづらい。

「で、その子は誰ですか？」

ハッとし、繋いでいた手を慌てて離す。当然のように人前でも手は繋ぎっぱなしだった。

今は稀莉ちゃんとの旅行の真っ最中。

稀莉ちゃんはペコリと丁寧にお辞儀する。

「この子は……」

◇　◇　◇

せっかくだからとお茶をすることになった。稀莉ちゃんには悪いが、里美ちゃんと会うのは久々で、東京に帰ればもう会うこともほぼなくなる関係だ。稀莉ちゃんの了承も得たので、後輩がお勧めする、弘前公園近くの喫茶店に向かった。

少し距離はあったがアニメに出たこともある場所とのことで、私と稀莉ちゃんも乗り気で足を進めたわけだ。

「魔女の日常アニメ？　あー、見てた見てた！」

「私、漫画全巻持っているわよ」

「さすが二人とも詳しいね」

「アニメを見るのも、漫画を読むのも仕事ですから」

そう、映画を見るのも、旅行するのも、ゲームするのも仕事だから！　……言い訳じゃないよ？確定申告にもちゃんと書けるから。

お店に入ると綺麗なお姉さんに窓際のテラス室に案内された。窓からは雪の積もった庭園が見える。

席に着き、注文を済ませると、後輩の里美ちゃんが口を開いた。

「奏絵先輩は凄いんだよ！」

褒めて、私に奢《おご》ってもらおうという魂胆？

「いやいや、私は凄くないし」

「私は知っているわよ！　奏絵が凄いっていうのは、私が一番知っている」

腕を組み、えへんと隣の女の子が胸を反らす。おいおい、張り合うな稀莉ちゃん。

「そうだよね、奏絵先輩は凄いよねー。というか佐久間さんも凄い。まさか奏絵先輩と一緒にラジオをやっている相方さんとは！　しかも高校生の声優さん！」

「しーっ」

平日で若者は少ないので、声優という単語に反応する人はいないだろう。けれども、どこで人に聞かれているか、わからないのだ。開けた場では、ばれないように注意を、ね。

「……高校生か、十年まえっ」

「言うな、切なくなる！」

ツッコミが終わると、アップルパイが運ばれてきた。

アップルパイだけで種類がかなり豊富でなかなか選べなかった。さすが青森のお店だ。せっかくだからと私たちは色々な種類のものを注文していた。

「どう、稀莉ちゃん？」

「美味しい！」

「良かったー。うん、美味しいね。久々の味だ」

「うふふ、二人に喜んでもらえて良かったです」

懐かしい、優しい甘い味。

「そういえば奏絵先輩、まち先輩の結婚式にも帰ってきませんでしたよねー。皆、寂しがっていましたよ」

「あー、あれはごめんね」

当時はラジオが始まったばかりで、情緒不安定だった。不幸が連鎖して、勢いで招待状を破ってしまったなんて口が裂けても言えないな……。

里美ちゃんが「これですよ、これー」と携帯を見せる。写真には花嫁姿の同級生がいた。あぁ本当に結婚したのだなーと実感する。稀莉ちゃんも真剣に見て、感想をこぼす。

「綺麗ね」

「稀莉ちゃんもいつか着てみたい？」

「そりゃ、着てみたい気持ちはあるわよ」

稀莉ちゃんのウェディングドレス姿……うん、絶対綺麗だろうな。見たら泣く自信がある。

「先輩は結婚のご予定は？　彼氏はいないんですか？」

「な、ない！　彼氏いない！」

「そんなに力強く否定しなくても～」

断じて嘘は言ってない。うん、彼氏はいない。

「里美ちゃんは？」

「最近、振られちゃったんですよねー、傷心気味です」

「そうなんだ、ごめん」

「いやいや、でもこうやって奏絵先輩に会えましたから！」

そこにどんな因果関係があるのか、わからない。

コーヒーを口にする。苦さが、甘いものを食べた口にちょうど良い。話も仕切り直す。

「でさ、私の何が凄いの？」

疑問に思っていたことを口にする。

「奏絵先輩は、別の世界の人間じゃないですか」

「別の世界？」

「はい、奏絵先輩は私と違って、輝く舞台に立っているじゃないですか」

そんなことはない。ステージに立つこともあるが、そんなの数えられるほどで、普段はバイトもしなきゃ暮らしていけない生活をしていた。

でも、普通に生きていたら舞台に立つなんてことはない。お客さんを集め、イベントをするなんてやりたくてもできない。

「奏絵先輩、私、東京でカリスマ美容師になろうと思ったんです」

「え、うん？」

唐突に、里美ちゃんが自分の話をし出す。カリスマ美容師？　仕事のことは初めて聞いた。

「高校を卒業した後は専門に行き、その後は仙台《せんだい》で働いていました」

「そうなんだ、仙台にいたんだね」

どんだけ私は人に興味がなかったのか。自分のことで精一杯だったのか。仲が良かったはずの後輩のその後のことはすべて初耳だった。

「でもね、駄目だったんです。全然駄目。技術も才能もない。話すことさえ苦になりました。東京に行くことさえできなかったです。夢破れた私は地元に戻りました。今は学んだこととは関係のない、駅前のデパートで働いています」

「それだって、立派なことだよ」

「そうかもしれません。でも私の夢は破れたんです」

私だって東京に出て、有名人の髪をセットして、雑誌に載って、私の技術で人を笑顔にしたかった。そう語る後輩の顔はどこか悲しそうだった。

「でもね、実力がなかったんです。力不足でした。私はここでただ生きていくので精一杯だったんです」

だから、

「夢を追い続けている、奏絵先輩は眩しくて、私にとっては別の世界の人なんですよ」

皆、夢を持っている。夢を持っていた。もう憧れるだけの十代はとうに過ぎている。現実に直面し、諦め、妥協し、三十路《みそじ》を迎える。

私だって破れかけた。何度も辞めようと思った。『空音』ではなくなった。

それでも私は別の世界の人間だ。まだ夢の中で生きている。

「奏絵先輩、最近は青森でも配信サイトがあるので、アニメを見られるんですよ。ラジオだって日本全国どこでも聞ける。先輩の声は、東京だけのものじゃない。日本全国、青森にだって届くんです」

隣の彼女も口を挟まず、後輩の言葉に耳を傾ける。

私たちは東京で働く。イベントもほとんどが東京だ。

でもファンは、リスナーは都会だけじゃない。各地の人がコンテンツを支えている。うちの母親だってディスクを揃えているのだ。世界は狭くなんかない。

「だから先輩は凄いんです。私は一握りの人しか笑顔にできないけど、先輩は違う。たくさんの人を、私とは違う規模で人を笑顔にできるんです」

自分の考えている以上に、私たちの言葉は届いている。良くも悪くもだが、私たちの声は影響力がある。

「佐久間さんもね。凄いよね、声優って。憧れるよ。凄い、凄い」

それは称賛なのか、妬みなのか、いつまで夢を追いかけているんだという非難なのか。ただ、私は素直に彼女の言葉を受け取る。

「ありがとう」

「先輩とはもう会えないと思っていたから、会えて嬉しいです。私こそ、ありがとうございます。輝く、別世界の奏絵先輩が私の誇りなんです。青森の誇り。これからも輝いてくださいね」

「そんな大層なことを言われても……照れるな」

一方的な期待。でもその重荷は嬉しい。

「けど、ちょっと寂しい気持ちもありますね」

またいつだって会える、なんて言えない。私は夢の中で生きていく。地元で暮らすことはもうない。

夢が破れた人と、夢に縋りつく人。私が諦める日まで、世界が交わることはない。

コーヒーを飲み終える。

外はいつの間にか暗くなっていた。

もう少しで私は、私たちは元の世界に帰らなくてはいけない。

「奏絵先輩、佐久間さん」

後輩が私たちをまっすぐ見る。

「最後にちょっとだけ時間くれないですか。寄って欲しい場所があるんです」

私の新しい挑戦ですかね。そう言って彼女は立ち上がった。


寄って欲しいと言われ、私達二人は素直についていく。

「はい、この後、急にですみません！　はい、どうしてもです！　試運転ということで、お願いします。あ、ありがとうございます！」

提案した里美ちゃんは誰かに電話していた。電話の内容から、何をするか察することはできないが、無理を言って頼んでくれたのだろう。ありがたい。

すぐ着くと言われ、お店から歩くこと数分。やってきたのは暗い、雪の積もる弘前公園の通りだった。空気は一段と寒さを増し、身体を冷やす。

いったい夜の公園で何をするというのだろうか。

「本来なら十二月からなんですが、今日は特別です」

「何かはわからないけど、無理いって準備してもらったようで……」

「いえいえ、大丈夫です！　何せ今日は特別なんですから！」

後輩が元気よく答える。内容については詳しく教えてくれないらしい。見てのお楽しみということか。

「地元に帰ってきて、何かできないかな……と思っていたんです」

夢破れて、地元に帰ってきた彼女。でも、何かをしたい気持ちは失ったわけではない。

「そんな時このプロジェクトを知りました。あっ、これだ！　と思いましたね。で、すぐ連絡して去年から一緒にやっています。微力ながら私もその一員で頑張っているんですよ」

彼女が足を止める。

先には雪と枝しかない。春なら満開に咲く桜が見えるスポットだが、季節は冬。絶景の場所も今は葉が枯れ、花はもちろん、緑もなく、枝にはただ雪が積もっているだけだ。

これが見せたかったもの？

私と、隣の稀莉ちゃんの頭に疑問符が浮かぶ。

「私からの先輩と佐久間さんへのエールです」

彼女が手を挙げる。どこかに合図をしたのだろう。この場所で間違っていないらしい。何もない、白く塗りつぶされた場所。

彼女が大きな声を出す。

「今日は貸し切りでございますー。では、お楽しみください」

眩しい。

急な強い光に思わず目を閉じる。

「冬に咲く、さくらを」

耳にしたのは、矛盾した言葉。ゆっくりと目を開ける。

「あっ」


ピンク色の花。

桜が咲いていた。

ありえない。今は冬。春に迷い込んだわけではなく、なびく風は寒い。

でも、セカイは赤色に染まっていた。

幻想的な風景。

冬に桜が咲いていた。


感動のあまり、言葉を失う。

ありえない光景に、私たちは目を奪われていた。

「どうですか？　冬の桜も綺麗でしょ」

私たちは力強く頷く。矛盾した言葉は何も間違っていなかった。

雪が積もった木に、ピンク色の照明が当てられてライトアップされている。それにより真っ白な雪が桃色に染められ、その光景は桜が咲いているかのように私たちを錯覚させる。

雪が見せた、桜の幻。

「私はここにいるから、二人はどうぞゆっくりお楽しみください」

後輩の言葉に甘え、私は彼女の手を取り、桜の道を歩き出した。


赤色のセカイに私たちは迷い込んでいた。

「凄いね」

「本当、夢みたい」

冬に見た桜ははじめてだった。当たり前だ、普通見られるわけがない。あまりにも綺麗で、この世のものではない気がしてくる。

夢のセカイ。幻想。非現実空間。

でも、握った手に感触はあった。

隣を見ると稀莉ちゃんもこちらを振り向き、微笑んだ。

ここは現実で、私の住んでいた青森だった。

そして、隣には『空音』より大事な彼女がいた。

足を止め、彼女の名前を呼ぶ。

「稀莉ちゃん」

出会って、まだ一年も経っていない。

でも、今まで会った人の中で一番私を惑わしている。一年足らずで、人生で一番考えている人だろう。そして、これからも私にとっての一番である。

私に憧れた女の子。駄目な私を励ましてくれた相方。一緒に頑張った仲間。私を追ってきてくれた、かけがえのない人。

アオ色の願いを託した君に、
赤色のセカイで私は、言葉を口にする。

「結婚してください」

……あっ、やべ、間違えた。

「……はい」

「いや、待って！　あっさりと了承しないで！」

「嘘なの!?　好きじゃないの!?」

「好きだよ、稀莉ちゃんのこと好き！」

「うへへへへ」

「も、もう一度やらせて！　ちょっと気持ちが高まりすぎて、台詞を間違えたんで！　結婚ではない！　あーさっき誰かが結婚式の写真を見せるから！」

「へへへへへ、奏絵と結婚……うへへっへ」

「戻って来て、稀莉ちゃん！　あー、せっかくロマンチックに決めようと思ったのに！」

彼女の両肩を掴み、眼《め》を真っ直ぐ見る。

「だから私の」

「私の？」

「私のか、か、か」

言葉が詰まった。目が泳いだ。

「だ、大学生になっても、変わらず私のことが好きなようなら彼女になってください」

「何でちょっと怖気《おじけ》づいているのよ！　長い、長いって！」

「だって、高校生と付き合うってすごくインモラルな感じじゃん。せめて大学生ならセーフ！　セーフなのか？　大学生は大人なのか？」

自分で言っていて意味がわからない。

「高校生でもいいじゃない」

「せめて十八歳になって成人してから……ならセーフなのかな？」

「わかったわよ、大学生になるまでは同居しないわ」

「話が発展しすぎ！」

「あー、もうそれまでは『これっきりラジオ』を終わらせるわけにはいかないわね」

「そんな風に気合入れられても……」

「見てなさい。一年とちょっとしたら、私はあなたの彼女。あっ、契約書を書かないとね」

「マジすぎる！」

「未来で待ってる！」

「一緒の時代に生きているから、未来で待つ必要ないから！　一緒に未来に歩いていこう、は、はずっ！　自分で言って恥ずかしい！」

「じゃあ。この手を離さないでね」

「……もう離さないよ、私の空音」

「ありがとう、憧れの空音」

「ややこしいわ！」

「先に言ったのはあんたでしょ！」

二人で顔を見合わせた後、ゲラゲラと笑い合う。

しまらない。せっかくの告白なのに、ふざけた感じになってしまっている。冬の桜が咲く、幻想的な光景なのに台無しだ。

でも、だからこそ私たちらしい。

ロマンチックな場所も、素敵な告白も、私と稀莉ちゃんが笑顔ならそれでいい。

「好きだよ、稀莉ちゃん」

「私もずっと好き。これからもずっとずっと好き！」

散らない桜もいいなと思った。

◇　◇　◇

東京に戻る、本日最後の新幹線。

一日中移動したので、疲れたのだろう。稀莉ちゃんは隣の席でぐっすりと寝ていた。安心しきった顔に愛おしさを覚え、頭を撫《な》でる。むにゃむにゃと声が聞こえたが、すぐに寝息に変わった。

出発のアナウンスが流れる。あっという間に東京に着き、現実へと戻るだろう。

長い三日間だった。三日間？　一ヶ月はあった気がする。そう思うほど、あまりに色々なイベントがありすぎた。どうしたって忘れられない。

そして、もう戻らない。

寝ている彼女の手を握る。

大学生になったら、と言ったが事実上の付き合って宣言。はぐらかしていた私の気持ちに、名前がつけられる。

稀莉ちゃんは私のものになって、私は稀莉ちゃんのものになった。

彼女と彼女。

恋人の手の温もりに安心し、いつの間にか私も眠りについていた。

◇　◇　◇

後輩に尋ねられ、私は答える。

「この子は、稀莉ちゃんは、私の空だよ」

色づけたのは君で、赤く染まったのは私。

これからどんな空を見せてくれるだろう。

闇に沈む時も、雨の日もあるかもしれない。それでも陽はまたのぼる。

空に、彩りが満ちていく。

第5章　ふつおたでもいいと思う

夢を見ていた。
私はお姫様に憧れる一般市民。
お姫様は綺麗な声を持ち、お姫様が歌えば人々は笑顔になった。
私はお姫様に憧れ、家ではお姫様の真似をしていた。
寝ても覚めてもお姫様のことばかりを考えていた。
お姫様のことを想うと、心がポカポカ温かくなる。
そう、私はお姫様のことが大好きだった。

けど、私がお姫様になってしまった。
あまりに突然だった。世界は急に変わり、元のお姫様は追放され、お城からいなくなってしまった。

こんなこと、私は望んでいなかった。
私はお城を抜け出した。彼女を追いかけた。
お姫様は彼女のものだった。彼女こそが相応《ふさわ》しかった。彼女じゃなければ駄目だった。
やっとの思いで、私は元のお姫様を見つけ出すことができた。

何故かそのまま旅を続けることになってしまったが、お姫様との逃避行は楽しくて、夢みたいな日々だった。私はもっと彼女のことが好きになった。

でも、いつまでも現実逃避はできない。終わりは来る。彼女はもうお姫様に戻ることはできなかった。私がお姫様の役目を果たすしかなかった。

私は受け入れるしかない。そんな私に彼女は約束をしてくれた。

彼女にとってのお姫様になる約束。

私が彼女の特別になる――。

その誓いだけで、私は全てを許してしまった。お姫様の役目を果たすことに、もうとまどいはなかった。

左手の薬指が光る。

私がお姫様になったとしても、帰る場所には彼女がいる。

彼女は私を笑顔で出迎え、そしてそっと口づけ、

目を覚ます。

外は真っ暗だった。

新幹線は新青森から出発し、ちょうど今は仙台に着いたところ。

手が温かい。
繋がれた手の先を見て、微笑む。
不安で堪らなかった行きの新幹線とは違う。
隣には私のお姫様がいた。
だらしない顔で寝ている、愛おしい彼女。

「奏絵」

名前を呼ぶ。
今では平気な顔をして呼べるようになった、特別な名前。
彼女の肩にもたれかかる。
目を覚ました彼女はどんな反応をするだろう。
慌ててくれるかな？　もうそんなウブじゃないかな？
私だけの指定席。誰にも渡さない。
東京に着くまではまだ時間がある。
夢の続きを見るにはちょうど良い。
夢は終わらない。夢は覚めない。

いつでも彼女は私に夢を見させてくれるのだから。

東京に戻り、数日が経ったある日。
新作『空飛びの少女』のスタッフ、キャストが公に発表された。

＊　＊　＊　＊　＊

奏絵・稀莉「これっきりラジオ〜！！」
奏絵「吉岡奏絵がお送りする……」
稀莉「佐久間稀莉と」

奏絵「季節もすっかり冬だね」
稀莉「つい最近まで夏だったのにあっという間だわ。もう十二月！」
奏絵「さぁ、寒い中でもホットな話題があります」
稀莉「いきなり言うの？」
奏絵「だって、皆、聞きたいよね？　気になっていると思います」
稀莉「そうよね、気になるわよね」
奏絵「うん、稀莉ちゃんから言ってもらえる？」
稀莉「わかったわ。皆さん、突然ですが大事なお話があります」

奏絵「ごくり」

稀莉「ラジオCDにつく、おまけ音声の収録が終わっていない‼」

奏絵「違う――――！　けど、合っている！　確かに収録してない‼」
稀莉「皆は覚えているかしら？　イベントでのこと」
奏絵「あーそういえばあったね。一回放送から二十回までをまとめたラジオCDを販売するとイベントで告知していました。で、それに私達二人の旅の様子を収録すると宣言していました」
稀莉「しかし、まだ収録していない！」
奏絵「なんてこった！」
稀莉「すっかり忘れていたのよ、うちの構成作家が！」
奏絵「植島さーん！！！」
稀莉「気づかなかった私たちも、スタッフも同罪だけどね」
奏絵「で、不味いことがあるんだよね」
稀莉「ええ、発売日よ」
奏絵「発売は十二月二十二日に行われる合同イベントだそうです」
稀莉「無理じゃない？　あと約一ヶ月！」
奏絵「詰んでいるよね……」

稀莉「発売延期ってできないの？」
奏絵「できなくはないけど、色々とお金が吹っ飛ぶそうです」
稀莉「なので、今週末急遽《きゅうきょ》収録します！　今からじゃ遠くに旅行もいけないから近場予定」
奏絵「そうなるよねー」
稀莉「何処に行くかは、来週放送するのでちゃんと聞くのよ！」
奏絵「私たちがどっかに行っているはずです。乞うご期待」
稀莉「問題はまだ私たちも知らないってことよね……」
奏絵「うむ。で、本題のほうは？」
稀莉「次のコーナーで言うわよ」
奏絵「ではでは、こちらのコーナーでお伝えしたいと思います！」

奏絵「よしおかんに報告だー！」

稀莉「こちらのコーナーは、よしおかんに相談したいことをリスナーさんが送り、よしおかんが答えるコーナーよ」
奏絵「実質お便りのコーナーです」
稀莉「普通のお便りはいらないからね！」
奏絵「はいはい、定番の台詞」

稀莉「今日はこちらのお便りから紹介します」
奏絵「昨日の夜届いたお便りです。他にもたくさんのお便りが届いています。昨日の発表にも関わらず、ありがとう。代表して、こちらのお便りを読ませてもらいます」
稀莉「今回は、ラジオネームは読みません。ご了承ください」

奏絵「はい、ではお便りです。『吉岡さん、佐久間さん、こんばんは。今回送るお便りは、二人にとって大変失礼な内容かもしれません。けれどもこれっきりラジオが大好きな私は心配で、不安で、居ても立っても居られず、お便りを送りました。新しくつくられる「空飛びの少女」の主役の空音に、佐久間さんが選ばれましたね。元々の空音は吉岡さんがやっていた役。佐久間さんは憧れの役に選ばれた嬉しい気持ちと、複雑な気持ちもあると思います。吉岡さんも色々な想いがあり、とても話せる気分じゃないかもしれません。でも私は二人の気持ちが知りたいです。ラジオがギスギスしてしまうのは嫌なんです。今回の件について、二人の言葉を聞かせてください。これっきりラジオは大丈夫……ですよね？』」

稀莉「お便りありがとう。これはね……どこまで話していいのかしら」
奏絵「本当に複雑な気持ちだったよ」
稀莉「色々なことがあったわね。本当に色々なことが」
奏絵「リスナーの皆なら大丈夫だと思いますが、番組、スタッフ、事務所の人を悪く言うのは絶対やめてくださいね。文句を言うために話すのではありません」
稀莉「皆のこと、信じているよ」

奏絵「私、吉岡奏絵は六年前『空飛びの少女』の主役、空音を演じていました。そして今回、『空飛びの少女』が新たにリメイクされることになりました」
稀莉「その主役に、空音を演じる吉岡奏絵に憧れた私が選ばれました」
奏絵「もちろん、私も役者です。選ばれなくて、悔しい気持ちがあります。納得できない部分もあります。稀莉ちゃんに嫉妬もしました。空音は私にとって大事な役だったんです」
稀莉「ええ、その通り。空音だけじゃない、演じた役はどれも大事で、大切です」
奏絵「私たちは二人でたくさん話しました。言い合いにもなりました」
稀莉「何と説明したら良いか、わからない。全部を話すことは難しいわ。でも、ここに笑顔で二人でラジオをやっていることが答えです」
奏絵「役をめぐってギクシャクしていません。確かに最初は喧嘩《けんか》もしました。でも今は、さらに稀莉ちゃんのことを深く知れて、もっと好きになれました」
稀莉「よしおかんにはこんな言い方悪いけど、試練だったのかもしれません。私たちは試練を乗り越えました。もっと強くなりました」
奏絵「ええ、その通りです。こんな説明をしたら、逆に不安に思うかもしれません」
稀莉「でも大丈夫だから。ずっと聞き続けていれば、大丈夫だってわかるから」

奏絵「それでも、それでも二人の仲が不安だ――と思う人は、ラジオCDのおまけをぜひ聞いてね！　まだ収録していないけど！」
稀莉「仲の良さを見せつけてやるわ！！！」
奏絵「……気合入りすぎじゃない？」
稀莉「私の愛を見せつけてやるわ！！！！！」
奏絵「気合入りすぎだし、言葉変わっている⁉」
稀莉「ちょうど来月に合同イベントもあるわ。イベントに来ると二人が変わってないことがわかるから、ぜひ来て」
奏絵「はいはい、宣伝です、ごめんね！　何か気持ちを利用しちゃうようだけど。まだチケットはあるよ、ぜひ来てね！」
稀莉「心配しないで。空音を演じても私は、このラジオのパーソナリティだし」
奏絵「役を演じなくても、私は変わらずよしおかんです！」

＊　＊　＊　＊

ラジオの収録が終わり、スタジオがいつもと違って見えた。

私たちが立ち上がると、スタッフの皆がパチパチと拍手をし出す。何も言葉は述べられない。けど、気持ちは伝わる。気持ちはわかる。

「これからも宜しくお願いします」

「宜しくお願いします」

二人で深々と頭を下げる。

普通ならこんな事情をわざわざラジオで話すなどしない。話してはいけない。

けれども私たちには、これっきりラジオには必要なことだった。ラジオをこれっきりにしないためにも、逃げてはいけない。スタッフを安心させるため、リスナーを納得させるために詳細に話せなくとも、説明することが必要だった。

一人、椅子に座っていた植島さんが口を開く。

「お疲れ様さま」

その一言に色々な感情が込められている。本当に疲れた。心も体もボロボロになった。

でも、今は笑顔で彼女の隣にいられる。変わらない私たちでいられる。

「じゃあ、おまけ収録は二人にリフレッシュしてもらわないとね。温泉地ロケとかどうだい？」

「温泉はこないだ入ってきました！」

「えーっと、じゃあ海の幸を満喫する食レポとかどうだい？」

「魚もこないだ食べてきたわ」

「まじか。じゃあ、遊園地は？」

「ネズミの国に二人で行ったわね」

「じゃあ、じゃあ、ＶＲ体験！　これならしてないだろう！」

「ラジオで話したじゃないですか、ＶＲ ＤＯＮＥに行ったことありますよ」

「……君ら、一緒に出かけすぎじゃない？」

いや、変わらない私たちでは、いられなかったわけだけど。

それについては説明責任ないよね？

＊　＊　＊　＊　＊

咲良「皆さ――ん！」
真琴「こんにちは！」
お客さん「「こんにちはー」」
真琴「皆さん、元気ですね！」
咲良「外は寒いけど、中は熱くしていこうぜ！」
お客さん「「わー」」
真琴「さてさて、私たちが先に出てきたということは」
咲良「ええ、まさかの司会だよ」
真琴「大役ですね」

咲良「プレッシャーで吐きそう」
真琴「さくらん、大丈夫！　吐いたらこの手で受け止めるから、ほれっ、ほれ」
咲良「素手で受け止めるんなし！　草！」
真琴「はいはい、進めますよ。今日は私たちだけのイベントじゃないんですから」
咲良「そうだった、いっけねー」
真琴「私達、『まことにさくらん！』の篠塚真琴と」
咲良「大滝咲良がマウンテン放送合同ラジオイベント、お昼の部の司会を務めさせていただくぜ！」
真琴「ではでは、早速一組目に来てもらいましょう」
咲良「おお、このＢＧＭは!?」

唯奈「たたたたた、たーん！　いくぞー、今日も！」
お客さん「「世界で一番」」
唯奈「私が！」
唯奈・お客さん「「可愛いー！！！」」

唯奈「どうも、美少女声優、橘唯奈よ！」
お客さん「「わ――――」」

咲良「やべー、初《しょ》っ端《ぱな》からやべー奴来ちゃった。自分で美少女言っちゃうのウケる」
真琴「でも、唯奈ちゃんなら許せちゃうー。あざとかわいい」
唯奈「お客さん、たくさんね。クリスマス前なのにいいのかしら」
咲良「煽《あお》らないでー」
真琴「クリぼっちもいいと思います」
咲良「肯定するのもどこか違う！」
唯奈「いいわ、今日は唯奈サンタが忘れられない日にしてあげるから」
真琴「な、なにをしてくれるのかな？」
咲良「お姉さん、ドキドキしちゃうぞ」
唯奈「一生残る、傷をつけてあげるから（ウィンク）」
真琴「みんな、逃げてー――」
咲良「ホラーなの？　ヤンデレなの？」
唯奈「今日はよろしく頼むわよ、『まことにさくらん』のお二人」
真琴「はい、宜しくお願いしますねー。一番組目は『唯奈独尊ラジオ』の唯奈ちゃんでした」
咲良「最初から怖かったぜ……。次の番組はこちら――！」
梢「トコトコ。あのぉ、どうも、梢ですぅ」

唯奈「もっと元気に来なさいよー！」
梢「ひぃー。ご、ごめんなしゃい。あなたにエールをあげるよ。『新山梢のコズエール！』の梢ですぅ。お願いしますぅ」
咲良「どっちが先輩なのかな？」
真琴「はいはい、梢ちゃん、こっちこっち」
梢「わーん、真琴しゃん！」
真琴「……私、お母さんになります」
咲良「母性に目覚めないで、真琴！　それにおかんキャラはこの後出てくる人と被るからっ！」
真琴「そうでした！　梢ちゃんは今日大丈夫かな？」
梢「朝ご飯たくさん食べてきたので頑張りますぅ」
真琴「何を食べてきたの？」
梢「今日はドーナッツ、マフィンとメロンパンですぅ」
咲良「朝からよく入るねー」
唯奈「私はプロテイン」
咲良「唯奈ちゃんは何を目指しているの!?」
唯奈「アーティストとして当然でしょ」
真琴「プロ意識高いなー、さすが唯奈ちゃん」
梢「お腹空いてきたので、楽屋に戻っていいですかぁ〜？」

咲良「こっちはプロ意識が低いな!?」
真琴「……私たち司会務まるのでしょうか？」
咲良「あと二組を紹介しないといけないの？　もうこれでよくない？　って、ああＢＧＭが流れ出した！」
真琴「このジングルは!?」

ひかり「わー」
彩夏「わ――」
ひかり「こっちのお客さんー！　行くぞ～！　こぼれ」
お客さん「「すぎー!!」」
彩夏「右もいくぞー、ダッシュ」
ひかり「こっちも元気よく！　こぼれ」
お客さん「「すぎー!!!!」」
彩夏「はい、二階！」
ひかり「こぼれ」
お客さん「「すぎーー!!!!」」
彩夏「よし、上出来！」

ひかり「行くよ、あやすけ！」
彩夏「よっしゃ、ひかりん！」
ひかり「ひかりとー」
彩夏「彩夏のー」
ひかり・彩夏「こぼれー」
お客さん「「すぎー‼」
ひかり・彩夏「こぼれ――――！」
お客さん「「すぎ――――！！！」
ひかり・彩夏「こぼれ――――」
お客さん「「すぎ――――！！！」
ひかり・彩夏「もういっちょ、こぼれ――――」
お客さん「「すぎ――――‼‼」
ひかり・彩夏「ラスト、こぼれ――――」
お客さん「「すぎー！」
彩夏「よし、優勝！」
ひかり「優勝ですー、ありがとうー！　よっしゃ、パレードいくぞー」
咲良「いかないで！　何この謎の一体感」

真琴「完全に持っていかれましたね」
ひかり「よーよー、司会のお二人よー」
彩夏「おっすおっす、可愛い子ちゃんたち」
真琴「酔ってないですよね、お二人とも？」
彩夏「君に酔っちゃっているぞ☆」
咲良「やっかい、やっかい！　そろそろ自己紹介してー」
ひかり「どうも、『ひかりと彩夏のこぼれすぎ！』から来ました、東井ひかりと」
彩夏「夏を彩る女、芝崎彩夏でーす！　って、今は冬じゃないか!!」
ひかり「あやすけ、今日はここだけ夏だぜ」
彩夏「えっ、水着になっていいの？」
咲良「ぬ、脱ごうとしないで!?」
真琴「水着きているんですか!?」
彩夏「何も着てないし、つけてないよ」
真琴「それは大問題です!!」
ひかり「嘘嘘、さすがのあやすけでも下着着けているから。貧乳で必要ないけど」
彩夏「戦争です、今言ってはいけないことを口にしました」
ひかり「貧乳、まな板、スットントン！」
彩夏「はい、宣戦布告とみなします」

咲良「誰かとめてくれぃ――――!!」

＊　＊　＊　＊　＊

舞台袖にいる稀莉ちゃんと顔を見合わせる。

「この後、出づらい……」

「何なの!?　自由すぎじゃない、あの人たち」

「意外と私たちってまともだったんだね」

「そうよ、まともまともまともよ！」

「私たちの入場って打ち合わせ通りだと」

「お客さんに手を振って、入る」

「……地味」

「地味ね。どうしよう奏絵！　このままじゃ私たち印象に残らない！」

「もう一回、社交ダンスで入る？」

「あれは滑ったじゃない。スタッフの白い目が忘れられないわ」

「じゃあさ、手を繋いで入るとか、どう？」

「それはいいけど、インパクトはやっぱりないわよね。絵的に地味」

確かに手前の人はわかるかもしれないけど、後ろの人からは認識されづらい。じゃあ、どうすればいいのか。

そろそろ、盛り上がっている前の組の紹介が終わる。悩んでいる時間はない。

「稀莉ちゃん、これはどうだろう」

「え」

彼女の耳元で、小声で提案する。

アラサーの私にはきついことかもしれない。

でも「あれ」は案外、乗る人側の協力があればすんなりといくと、聞いたこともある。

「よし、行くよ、稀莉ちゃん」

「わ、わかったわよ、奏絵」

彼女のお尻の下に腕をいれて支える。よし、行ける。私も少しは鍛えておいて良かった。

ジングルが流れ、スタッフが声をかける。GOの合図。

彼女を持ち上げる。彼女もしっかりとバランスをとってくれているので、負担は少ない。いける、問題なく歩ける。

さぁ、私のお姫様を見せつけに行こう。

＊　＊　＊　＊　＊

咲良「ラストの番組は、この番組ー」
真琴「どうぞ……えっ」
お客さん「「おお！！」」

唯奈「お姫様抱っこ!?」
梢「さすがよしおかんしゃんですぅ」
ひかり「くそ、その手が!」
彩夏「あんたじゃ私を持ち上げられないわよ」
ひかり「うるせー、貧乳」
彩夏「裁判、裁判ですー!」

奏絵「稀莉ちゃん、マイクこっちに向けてもらっていい。両手塞がっているから」
稀莉「はい、奏絵」
奏絵「ありがと。どうも――――!　吉岡奏絵と」
稀莉「佐久間稀莉の」
奏絵・稀莉「「これっきりラジオですー!!」」
お客さん「「わあああああ!!」」
咲良「私たちは何を見せられているんだ」
真琴「……結婚式ですかね」

＊　＊　＊　＊　＊

こうして、個性派ぞろいのラジオ番組の集まりで一番の印象を与えたのであった。
……どうかしていたと思う。お姫様抱っこで登場し挨拶。イベントの勢いって怖い。

＊　＊　＊　＊　＊

咲良「さて、もう帰りたい気分なイントロでしたが、ここからはコーナーを始めるよ！」
真琴「画面に注目です！」

咲良・真琴「番組をふりかえろー！」

咲良「こちらのコーナーでは、各々の番組を振り返ります。パーソナリティに事前に渡した、質問の答えを発表するぜ」
真琴「さらにスタッフからの声、各番組にゲスト出演した人に番組の印象を話してもらいます」
唯奈「なるほど、だから五番組にそれぞれ一人ゲスト出演させたわけね」
咲良「その通り、全てはこのコーナーのためにありました！」
真琴「では、まずは『新山梢のコズエール！』から行きましょう」
梢「ふええ、私からですかぁ」

真琴「はい、まず一つ目の質問はこちら」
咲良「今までで一番楽しかったこと！」
真琴「梢ちゃんの回答はこちらー」

梢「番組でケーキバイキングに行ったことですぅ」

咲良「あー、梢ちゃんらしい」
真琴「詳しく話してくれますか、梢ちゃん？」
梢「お誕生日企画で、お店を貸し切って収録したんですぅ。たくさんのケーキ、デザート。梢、幸せでしたぁ〜」
ひかり「羨ましい！」
彩夏「私たちの誕生日企画なんて、基本罰ゲームだよ」
唯奈「私は特大ケーキを用意してもらったわ」
ひかり「ずるっ！」
彩夏「今から番組を変えよう」
真琴「皆そんなこと言わないでくださいね。ラジオ、コズエールについての印象をスタッフから聞いてきました」
梢「ふええ、緊張しますぅ」

咲良「画面に出るよ、ばばーん」

梢「えぇ～」

咲良「あはは、三つ書かれているね。一つ目が、『コズエールの作家やってから十キロ太りました』。どういうことかな、説明よろしく梢ちゃん！」
梢「何で太るんでしゅかね」
真琴「はいはい、手を挙げている、よしおかん！」
奏絵「打ち合わせで食べすぎなんだよ！」
梢「ふえ？　おやつですよ、おやつ」
奏絵「一つ食べるなら許せるけど、ドーナッツ五、六個食べてたよね、梢ちゃん！」
梢「……お、おやつ」
奏絵「おやつとはいったい」

咲良「他にはこんなコメントがあるね。『優しい子豚がたくさんいる』？　どういうこと、これ？スタジオで豚飼っているの？」
梢「これはきっとリスナーしゃんのことですぅ」
ひかり「え、この子、リスナーのこと豚扱いなの？」

彩夏「可愛い見た目とは裏腹に女王様!?」
梢「違います、豚じゃなくて子豚しゃんですぅ」
彩夏「違いがわからない……」
真琴「あはは、本当に子豚なんですね。確かに梢ちゃんのラジオのリスナー、子豚さんは優しそうですね」
梢「はい、子豚しゃんは皆さんいい子、いい子ですぅ〜」
ひかり「私が言ったら絶対別の意味だよ、この台詞。うちの子豚はいい子ね、フフフ」
彩夏「ぶ、ぶひ〜」

咲良「そんな子豚だらけのラジオにゲスト出演した、よしおかんからの印象はこれだ！」
奏絵「子豚だらけって語弊あると！　あー、印象は癒され空間だけど住む世界が違って逆に疲れる」
梢「えぇー、どういうことでしゅか、よしおかんしゃん」
奏絵「そのままの意味ですね……。ラジオ番組も、何も争いが起きない、優しいラジオで、梢ちゃんの声を聞くだけで癒されるんだけど、ツッコミ役の私としては、あれ、私ってツッコミ役なの？　まぁいいけど、ともかくテンポが乱される！　常識が通用しない。だから慣れないかな……って。きっと住めば都！」
稀莉「よしおかんと住むのは私！」
奏絵「急に張り合わないで稀莉ちゃん！」

咲良「はいはい、次行くよー。次は『これっきりラジオ』ラジオのターンです」
稀莉「えー、私達？」
奏絵「……どんなこと書いたか覚えていない」
稀莉「アラサーだものね」
奏絵「年のせいではないよ!?」
真琴「行きますよ、お二人さん！　最初はこれ。番組で一番辛かったこと～」
咲良「さっそく回答が画面に出るぜ！」

稀莉「何で！」
奏絵「あー」

咲良「きりりさんは、『風邪でよしおかんがラジオ収録休み』、よしおかんは『イベントで告白された』という回答です。めっちゃ草」
稀莉「嬉しいことでしょ!?」
奏絵「私のSNSがめっちゃ炎上したんだけど！」
稀莉「いいじゃない、収録されていなかったんだから」
奏絵「本当に良かったよ！　イベント映像にでも残されていたら炎上どころじゃなかったよ!!」

真琴「何で告白については二人とも否定しないんでしょうね……」
唯奈「おい吉岡、後で楽屋で話そう」
奏絵「こわっ、唯奈ちゃんの目こわっ！　呼び捨てこわっ!!」
真琴「相方がお休みは辛いですね。ゲストでも来てくれたらいいんですが」
稀莉「もう二度と一人収録は嫌だわ」
奏絵「あの時はありがとうね」

咲良「お次、行ってもよろしいですかね？」
真琴「さくらん、いつもの元気を出して！」
咲良「いくぞ、お前らー、次だー！」
真琴「その意気ですよ！」
咲良「画面ドーン！　思い出の場所は？」

稀莉「露天風呂」
奏絵「桜」

咲良「おい、おい。普通に露天風呂が思い出の場所ってどういうことだよ」
奏絵「待って、稀莉ちゃん！　それは待って！」

稀莉「え、一緒に露天風呂に入ったのよ？」
真琴「裸のお付き合い、ということですか？」
お客さん「「お――――」」
唯奈「おい吉岡、いますぐ楽屋に行こう、さあ、さあ！」
奏絵「怖い、唯奈ちゃんがマジで怖い！　普通にお風呂入っただけだって！」
稀莉「ぽっ」
唯奈「よしおかあああああああ！」
奏絵「稀莉ちゃんも、何かあった風に恥ずかしがらないでっ！」

真琴「えーっと、桜はどういうことでしょうか、よしおかん」
奏絵「桜を見たんです」
真琴「お二人がラジオ番組を始めたのは四月なので、始めた当初のころのエピソードですか？」
奏絵「それは、秘密……です」
梢「わぁ、素敵でしゅ、秘密でしゅ!!」
咲良「梢ちゃんが急に食いつく！」
梢「乙女は秘密だらけなんです～」
稀莉「二人だけの秘密よ」
唯奈「稀莉！　教えてよ稀莉!!」

真琴「ヒートアップしてきましたが、これっきりラジオにゲスト出演したのは、私のパートナー、さくらんです！　どうだった、さくらん？　これっきりラジオはどんなラジオでしたか？」
咲良「発表します……、いちゃらぶを見せつけられるラジオ！」
奏絵「ち、違う！」
真琴「よしおかんは否定しますが、さくらん解説どうぞ」
咲良「こいつら、休憩時間もめっちゃイチャイチャしているから。で、それが無自覚なところがやばい」
奏絵「そんなことない！　言い合いばっかしているから」
咲良「言い合っているのもただの痴話げんか。はいはい、可愛いね。見てて微笑ましい」
稀莉「よくわかっているじゃない」
奏絵「稀莉ちゃんも認めないで！　例えば何がいちゃらぶに見えるの？」
咲良「話していいの？」
奏絵「うっ」
咲良「本当に話していいの？」
奏絵「ごめんなさい、話さなくて良いです……」
お客さん「「えー」」

咲良「そんなお客さんは聞いてくれればわかるよ、今回発売されたＤＪＣＤのオマケ！」
真琴「あー、ただのデートでしたね」
咲良「私は何を聞かせられているんだ……っていう衝撃だったぜ。もう、普通にデートなの。魚を見に行っているはずなのに、二人のことばかり話すし、食事もあ〜んとかしちゃってるし、それに……」
奏絵「もうやめて、さくらん！！」
咲良「気になる人は、物販ブースで『これっきりラジオ　第一章』を買ってくれよな！」
真琴「ナイス宣伝です！」
唯奈「楽屋じゃなくていいから、今から詳しく聞かせてもらっていいかしら、吉岡さん？」
奏絵「何で笑顔なの！　怖い！　私の命日は今日なの？」
稀莉「あのね、奏絵がね」
奏絵「普通に話そうとしないで、稀莉ちゃん!!」
お客さん「「わはは」」
ひかり「私達空気じゃね？」
彩夏「もう早く次の番組紹介してよ！」

◇　◇　◇

咲良「ひどい番組紹介だったね……」
真琴「ずっと濃いと思っていた、オタクラジオの私達が押され負けるなんて、驚きでしたね」
咲良「豚を飼っているラジオに、下ネタしか集まらないラジオに、女王様ラジオだぜ!? 普通のオタクの私たちが敵うはずねーよ！」
唯奈「誰が女王様よ！」
ひかり「下ネタラジオって……」
彩夏「否定はできない」
梢「豚じゃなく、子豚さんですぅ〜」
咲良「やべーって、濃すぎだって！ それにいちゃらぶラジオだよ!?」
稀莉「うむ」
奏絵「認めないで、稀莉ちゃん！」
真琴「個性出まくりでしたね。このままじゃ、私達ただの司会者になってしまいます……。次のコーナーでは『まことにさくらん！』も負けていられませんよ！」
咲良「いくぞ、お前ら——！ 次のコーナーはこちら！」
真琴・咲良「番組個性バトル！」

お客さん「「わー」」

真琴「こちらのコーナーでは、番組の個性に関係するお題を出します。そのお題に上手く個性を発揮できたかで勝敗を決めます」

唯奈「個性？」

真琴「そうです！　例えば、個性が『新人らしさ』だったとします。その場合、お題により新人っぽさが出た番組が勝ちとなります」

咲良「それぞれ対決してもらうよ。優勝チームにはプレゼントあり！」

梢「デザート～」

ひかり「金、金！」

奏絵「お酒！」

彩夏「イケメン、医師、弁護士！」

咲良「欲望もれすぎ！　最後にいった君はちょっと黙れー」

真琴「いきますよー。最初の対戦チームはこちら～」

咲良「『新山梢のコズエール！』と『吉岡奏絵と佐久間稀莉のこれっきりラジオ』～！　対決内容は、コズエールの特徴、『癒し』対決!!」

奏絵「うお、私達!?」
稀莉「しかも癒しって」
真琴「対決内容は、癒される台詞を言った方が勝ちです！　判定はお客さんの拍手ですよ。どんな癒し台詞を言うかというとー」
咲良「こちら、『仕事に疲れて帰ってきた時の言葉』」

奏絵「これっていわゆる萌え台詞対決ってやつじゃん！」
稀莉「よしおかんの得意分野でしょ？」
奏絵「断じて違うよ!?」
咲良「はい、では梢ちゃんからいきましょう」
梢「がんばりますぅ〜」
真琴「では、私が帰ってくる人役やりますね。スタート」

真琴「はぁ、疲れた……。もう寝ちゃっているよな。ガチャリ。ただいまーって、梢!?　まだ起きていたのかい？」
梢「おかえりなさいですぅ〜。お仕事、大変大変でしたね〜。えらい、えらい。さぁ、早く入ってくださいですぅー」
真琴「何だい、急《せ》かして、どうしたんだい？」

梢「たくさんご飯をつくって待っていたんですぅー。唐揚げに、ハンバーグ、グラタン、デザートにケーキ、ドーナッツ。たんと癒されてくださいー」

咲良「終了～！」
梢「難しかったですぅ～」
真琴「最初は、励まされて癒されました！　けど、後半は梢ちゃんの欲望丸出しでしたね」
咲良「疲れた体にそんなにご飯はいるかな……」
梢「ご飯を食べればすぐに体も心も回復ですぅ～」
真琴「では、次はこれっきりの二人です。今度は私が帰る役をやらないで、二人で分担してくださいね」
奏絵「私が帰る役」
稀莉「駄目、癒し台詞はよしおかんが言いなさい！」
奏絵「やだよー」
咲良「はいはい、始めるよ、スタート」
稀莉「疲れた。五本同時収録とか、鬼でしょ植島。あー、いますぐ眠りたい。ガチャリ」
奏絵「おかえり、稀莉！　あら、お疲れのお顔さんですね」
稀莉「ただいま、奏絵。もうくったくたよ」

奏絵「はい」
稀莉「え？」
奏絵「おかえりのぎゅーは？」
稀莉「ぎゅ、ぎゅー」
お客さん「「「おおおおお」」」
唯奈「おい、吉岡!?」
奏絵「疲れは吹っ飛んだかな？」
稀莉「まだ足りない……」

真琴「す、ストップーーー！」
咲良「なんやねんこれ」
彩夏「癒しじゃなくて、いやらしい！」
梢「さすがよしおかんしゃんですぅ……」
唯奈「さっさと離れろよしおかああああ！」

◇　◇　◇

真琴「次の対決は『まことにさくらん！』と『唯奈独尊ラジオ』。対決内容は、私たちの個性、どっちがオタクか、対決！」
咲良「質問に、オタクっぽく答えた方が勝ち！　全三問！」
真琴「私たちが回答するので、司会は臨時でさっき圧勝した『これっきり』の二人に代わってもらいます」
奏絵「どうもどうも」
稀莉「こっち側に来ると安心ね」
唯奈「よしおかん、よしおかんめ……」
奏絵「唯奈ちゃんからめちゃくちゃ睨まれていますが、問題すすめるよ。第一問、バッグにいつも入っているものは？　フリップに書いてください。オタクっぽい答えですよー」
稀莉「はい、書き終わったわね。では、どうぞ」

唯奈「推しの写真」
真琴・咲良「せーの、ペンライト！」

奏絵「どっちもわかる。わかるが、どうでしょう」
稀莉「お客さん、拍手どうぞー、まずは唯奈」
お客さん「パチパチ」

稀莉「まことにさくらんー」
お客さん「パチパチパチパチパチ」
奏絵「これはさくらんの二人ですね」
唯奈「何でよ！」
奏絵「写真は何かオタクじゃなくても持っていそう、というか重い。ペンライトはいつでもライブに参加できるし、カラオケでも練習していそうで、オタクっぽいなーって」
真琴「現場にペンライト忘れたら困るんでござる」
咲良「わかりてなんだなー」

◇　◇　◇

咲良「司会に舞い戻ってきたぜ。今度の対決は、『ひかりと彩夏のこぼれすぎ！』と『これっきりラジオ』！」
真琴「対決は、これっきりの特徴、カップル度を争ってもらいます！」
奏絵「可笑しくない!?」
咲良「可笑しいのはお前らだよ!?　だよな、みんな――」

お客さん「そうだー」「もっとやれー」

奏絵「敵しかいないの!?」
稀莉「私がいつでも味方よ」
奏絵「稀莉ちゃん……！」
咲良「はいはい、まだ対決始まってねーぞ」
ひかり「私たち棄権しない？」
彩夏「私たちの夫婦っぷりを見せつけないの？」
ひかり「あっちはカップルだけど、こっちは熟年夫婦なんだよな」
彩夏「そうだね、もう倦怠期《けんたいき》で熟年離婚を考えているもんね」
真琴「あの、まだ対決始まってないですよ？　ここではエチュードをやってもらいます。シチュエーションはこちら！」

咲良「遊園地で、観覧車がストップ。そんな時どうする!?」

ひかり「整いました！」
奏絵「はやい！」
彩夏「では、早速いかしてもらうよ」

ひかり「たかーい」
彩夏「せやな」
ひかり「どうしたの彩夏？」
彩夏「下のカップルみてみ」
ひかり「あー、めっちゃチューしている！」
彩夏「な。盛っているな」
ひかり「ガタンゴトン。何!? 観覧車が止まった？」
彩夏「ちょうど頂上のところや」
ひかり「怖いよ、彩夏。どうなっちゃうの私たち？」
彩夏「落ち着け、ひかり。外を見るんだ」
ひかり「外って、あー」
彩夏「な。止まっているはずなのにな」
ひかり「濃厚～、見せつけているね～」
彩夏「な。ひかり」
ひかり「何かな、彩夏」
彩夏「わいらも揺らしてみーへん？」
ひかり「お、落っこちちゃうよー」

真琴「す、ストップで――す！！」
咲良「何なの⁉　カップル度対決だよ⁉　あんたらの得意な下ネタ対決じゃないよ⁉」
彩夏「カップル、観覧車、密室。何も起きないはずがなく」
ひかり「あはは、さすがあやすけ」
真琴「R18ですよ！」
咲良「二人とも退場処分するからな！　次やったらレッドカードだからな！」
彩夏「ちぇっー」
ひかり「うぃーす」
真琴「全然反省していないですね」

稀莉「この後私たちか……」
奏絵「ピンク色の空間をどうかしないと」
真琴「それでは、これっきりの二人です！　よろしくお願いします」

稀莉「高い、ね」
奏絵「うん」

稀莉「……」
奏絵「……」
稀莉「何か喋りなさいよ」
奏絵「ご、ごめん」
稀莉「謝らない！」
奏絵「き、緊張しているんだよ」
稀莉「わ、私だってそうよ」
奏絵「……今日はいい天気だったね」
稀莉「他に話すことないの!?　ガタンゴトン。きゃっ」
奏絵「え、観覧車が止まった？」
稀莉「こ、怖いわ」
奏絵「稀莉ちゃん」
稀莉「奏絵……」
奏絵「手握っていれば、怖くないよね」
稀莉「う、うん」
奏絵「……少しは落ち着いた？」
稀莉「うん」
奏絵「稀莉ちゃん見て、星が凄く綺麗に見えるよ」

稀莉「そうね、綺麗」
奏絵「観覧車がストップしたから見えた景色だね」
稀莉「そうかもね」
奏絵「あっ、動き出した。よかったー」
稀莉「か、奏絵！」
奏絵「うん、何？」
稀莉「手はまだ繋いでいて欲しい、かなって」
奏絵「うん、いいよ」

咲良「終了〜」
ひかり「甘すぎない？」
彩夏「初々しすぎない？」
ひかり「何だか、下ネタな寸劇が申し訳なくなったよ」
彩夏「やっぱり私たちは熟年なんだね……」
真琴「判定にうつります！」

＊　＊　＊　＊

いつから間違えたのか。どこから方向性を見失ったのか。

いや、見失ってはいないんだけどね……。いちゃらぶラジオを否定できない私であったのでした、まる。

＊　＊　＊　＊　＊

稀莉「稀莉と」
奏絵「奏絵の」
奏絵・稀莉「これっきりラジオ〜！！」

稀莉「ハッピーニューイヤー！」
奏絵「あけましておめでとうございます！」
稀莉「って、まだ十二月なんだけどね」
奏絵「時空の歪《ゆが》みは言うなし！」
稀莉「来てもいない新年のあいさつをするなんて滑稽ね」
奏絵「そういうもんだから！　さすがに正月から生放送はできないからね」
稀莉「時期的にまだメリークリスマスよ！」
奏絵「み、皆さん、今年もこれっきりラジオを宜しくね！」
稀莉「今年はあと一週間ぐらいだから気楽ね」
奏絵「ああ、もうめんどい！　今年も来年も、再来年も、末永くお願いします！！」

稀莉「ええ、末永く宜しくね、よしおかん」
奏絵「あれ？　言葉が重い？」

稀莉「さて、クリスマス前ということは」
奏絵「ええ、そうそう、マウンテン放送合同イベントが終わった直後ですよ」
稀莉「三日前なのよね」
奏絵「収録日バレちゃうけど、うん、そうなんだよ」
稀莉「まだ疲労が……」
奏絵「イベント終わる度に言っていると思うんだけど」
稀莉「うん、その通りだと思うわ」
奏絵「前の単独イベントは稀莉ちゃんのせいだからね!?」
稀莉「まぁ、ともかくね」
奏絵「うん」

稀莉・奏絵「ひどいイベントだった」

奏絵「正直やりすぎました」
稀莉「よしおかんもノリノリだったくせに」

奏絵「イベントの空気っていうのあるじゃん？　それにお客さんの反応が良いと調子のっちゃうというか。だからね、しょうがないんだよ」
稀莉「そのおかげもあり、何とお昼の部は私たち『これっきりラジオ』が優勝！」
奏絵「優勝しちゃいましたね」
稀莉「お昼の優勝賞品は五万円分の商品券！」
奏絵「やった！　クリスマスに美味しいものが食べられる！」
稀莉「え、クリスマスって今日使っちゃうの？」
奏絵「もう予約してあるから！」
稀莉「え、聞いていないわよ」
奏絵「じゃあ、私一人悲しく食べるから……」
稀莉「誰も行かないとは言ってないじゃない！」
奏絵「何、植島さん？　いちゃらぶラジオ乙って……もう否定しませんよ！　いちゃらぶで何が悪い！」
稀莉「ふふふ」
奏絵「そこも喜ばない！　はいはい、仲良しですよ。この後一緒にご飯行きますよ」
稀莉「けど、合同イベント第二部は散々だったわね」
奏絵「うん。というか夕方の部は明らかに判定が厳しかったんだよ」

稀莉「お昼、優勝したからってひどくない？」
奏絵「王者は辛いんだよ。第二部の優勝はまさかの梢ちゃんだったね」
稀莉「皆で潰し合いしすぎて、攻撃的じゃない子が残った結果になったわね」
奏絵「ただ梢ちゃんなら優勝許す。めちゃくちゃ嬉しそうだったよね。食事券五万円であれだけ喜べるって、本当あの子は……」
稀莉「食いしん坊なんだから」
奏絵「うむ、アラサーになったらその食事量はきついぞー」
稀莉「じゃあ、お便りを読むわね。ラジオネーム『アルミ缶の上にあるぽんかん』さん、あぁ、あるぽんね」
奏絵「いつものあるぽん」

稀莉「『クリスマス前にもちろん予定がないので、第一部、第二部とも合同イベント参加しました。一番新参であるはずの『これっきりラジオ』の二人の存在感が圧倒的で、古参リスナーとしては、まだ一年も経っていないですが、誇らしい気持ちでした。普段は音声だけなのですが、二人の動き、絡み（笑）が見られるとさらに面白いです。いつか動画配信してくれませんか？　もちろん過去の放送が収録されたＣＤも買いましたよ。オマケは年越しの際に聞きたいと思います。最高に楽しいクリスマス、プレゼントをありがとうございました。寒い日が続きますがお体に気をつけて、お正月は食べすぎないように気を付けてください』

奏絵「まとも！　いいことだらけ」
稀莉「ふつうすぎない？」
奏絵「ふつうだからって破っちゃ……って破らない？」
稀莉「破らないわよ」
奏絵「あれ、今日は破らない日なの？」
稀莉「どういう日よ!?　なんだかね、嬉しいの」
奏絵「お便りは嬉しいけど」
稀莉「ちょっと違うわ。私たちがどう変わっても、こうして『あるぽん』さんはお便りをくれるの。最初期からよ。きっと聞くのをやめた人も、途中から聞き始めた人もいると思うわ。もちろんどのリスナーさんもありがたいのだけど、変化していく番組、変わっていく私たちを、そのまま好きでいてくれるって嬉しくない？」
奏絵「うん、そうだね。最初は本当罵倒し合いの不仲なラジオだったけど、徐々に仲良し度を……、いやあまりに急すぎたけど。今は自分で言うのも嫌だけど、いちゃらぶなわけじゃん。そのまま聞き続けて、お便り送ってくれるって凄いことだね。感謝感激です」
稀莉「だから、どんなにつまらなくてもいいの。送ってくれるだけでも嬉しいわ。うん、ふつおたでもいいと思う」
奏絵「デレ期なの？　え、このラジオ終わる？」

稀莉「終わらない！　終わらせない！　たとえお金が尽きても個人スポンサーとして頑張るから!!」
奏絵「個人スポンサーって!?　このラジオがそんなに好きでいてくれるなんて、お母さん嬉しいわ」
稀莉「だってね」
奏絵「うん？」
稀莉「約束の日があるから」
奏絵「うっ……忘れてくれない？」

稀莉「何よ、いいところなのよ！　止めないでスタッフ！　あのー、二人でしかわからない話はやめてもらえますか、ですって、植島ぁ！」
奏絵「待って、この人構成作家さんだから、落ち着いて」
稀莉「台本真っ白なくせにー！」
奏絵「あっ、私もそれは初回からずっと言いたかったけど、落ち着いて稀莉ちゃん！」
稀莉「はい、次のお便り読むよ」
奏絵「急に落ち着いた!?」
稀莉「もううるさいわね。ラジオネーム『前前前菜』さんから。『お二人はサンタさんをいつまで信じていましたか？』。はいはい、ふつおたはいりません。びりっ」

奏絵「おい――――！　気分が変わるの早すぎるよ！　さっきのいい話どこいった!?」

＊　＊　＊　＊　＊

一年が終わる。ラジオ番組が始まって九ヶ月。

私のいる世界は一変した。忘れられない一年。そして、また新しい年がやってくる。

次の一年で私はどう変わるのか。役を貰えるのか、声優としてやっていけるのか。予定は未定だ。

でも決めたのだ。私はここで生きていく。声優として生きていく。

もう戻らない。もう戻れない。戻るつもりもない。

そして、私たちはどう変わっていくのか。それもまた未知数だ。

もう戻らないし、きっと戻してくれないし、私も元に戻るつもりはない。

ただ今は、来年のことではなく、約束が果たされる時ではなく、目の前のことだけを考える。

今日はクリスマス。

ラジオの収録も終わり、いったん解散して、再集合することになった。


……早く着きすぎた。

楽しみにしすぎだろ、私。

駅前には大きなクリスマスツリーに、輝くイルミネーションが目に入る。

例年なら鬱陶しく感じる光も今年は温かい気持ちで見ることができる。

寒空の下で彼女を待つ。

吐く息は白い。でも、ちっとも寒くはなかった。


携帯電話が震えた。

稀莉ちゃんに何かあったのかと思い、ポケットから慌てて取り出すも杞憂だった。電話は事務所からだった。

「はい、吉岡です」

『あっ、吉岡さん。こんばんはーっす。今、大丈夫っすか？』

電話を出るとマネージャーの片山君からだった。

「大丈夫ですよ。待ち合わせ中なんで、来るまでは大丈夫です」

『えっ、待ち合わせっすか。クリスマスに待ち合わせ……男っすか？』

「男、ではないです」

『じゃあオッケーっす』

オッケーなのか。知ってはいるが緩いなうちの事務所。

「あの急に連絡って、また何かやらかしました、私？」

『いや、トラブルは特にないっすよ』

「じゃあラジオの仕事ですか？　明日、いきなり現場に行ってとか」

『前日連絡とかしないっすよー』

これっきりラジオの初回収録は前日連絡だったのだが、うちのマネージャーはすっかり忘れているらしい。けど、それも今となっては遠い昔のことのように感じられる。

『何で本業から離れたことばっか聞いてくるんっすか。吉岡さんは自分を何だと思っているんっすか』

「えーっと、芸人」

『いつから俺は芸人さんのマネージャーになっていたんすか……。声優っすよ、声優』

「すみません、ボケました。そうですね、私は声優ですよね」

『ですよ。だからマネージャーから連絡することといえば、わかるっしょ』

マネージャーからすぐに声優に伝えたいこと。

それはオーディションの結果。そして、急いで伝えるということは。

『役受かったすよ。主役っす』

「本当ですか!?」

『だからわざわざ電話したんじゃないっすか。あの魔女ものアニメっす』

「……やった」

『やりましたね。また詳しいことはメールするんで宜しくっす』

「ありがとう片山君。クリスマスにわざわざ連絡くれて」

『そういう仕事っすからね。おめでとうございますっす』

「ありがとうございます」

電話が切れ、街のざわめきが戻ってくる。

主役、か。

久しぶりの主役だった。主役は『空音』以来、つまり声優一年目以来だ。

思わぬクリスマスプレゼント。いや、プレゼントではなく、頑張った成果で、めぐり合わせなわけだが、それでもサンタのおじさんに感謝をしたくなる。

強く握る手が震える。表情を必死に隠そうとするも、喜びは飛び出てくる。

嬉しい。

そして、どこか運命も感じていた。

選ばれた役は魔女の女の子。かつて天才と呼ばれていた、今は空を飛べなくなった女の子が必死に頑張る話。


「ごめん、奏絵。お待たせ」

「稀莉ちゃん！　ううん、全然待っていないよ」

「マネージャーから急に電話があって遅れたの。……何だか嬉しそうね？」

「聞いて、稀莉ちゃん！　役に受かったんだ！」

「えっ、私も」

「私も？」

「私もさっき受かったたって連絡きた」

「えっ、もしかして魔女の？」

「そう、そうよ！　ライバル役の女の子！」

「え、本当!?　私、主役に受かったんだよ！」

「ほ、本当なの!?　それって」

「共演！」「共演じゃない！」

二人で顔を見て、笑い合う。

主役の女の子と、ライバルの女の子。メイン役の初めての共演だ。

「ライバルの女の子、ちょっと稀莉ちゃんに似ているなーっと思っていたんだ」

「私も主役は奏絵にぴったりだと思っていたわ」

「本当？」

「本当よ！　奏絵の声を脳内再生していたわ！」

「ちょっと怖い！　でも共演かー」

「嬉しいわね」

「うん、すっごく嬉しい！　サンタさんも粋な計らいだ。クリスマスプレゼントかな？」

「嫌だ、クリスマスプレゼントはこれからよ」

頬を膨らませ、抗議する彼女。愛らしい仕草に、好きの感情がますます積もっていく。

「はいはい、わがままなお姫様」

「わがままで悪かったわね。そんなお姫様を好きになったのは誰よ」

「私だよ」

すっと手を差し出す。

彼女は迷うことなく、私の手を握り、優しく微笑む。

「たくさん食べようね」

「どんなお店に連れていってくれるのかしら」

二人で歩幅を合わせながら、お店へと向かう。

彼女は喜んでくれるだろうか。これから行くお店に、渡すクリスマスプレゼントに。

「あー楽しみだー！」

「連れていくあんたが何でワクワクしているのよ！」

やがてクリスマスが終わり、年が明ける。

冬が終われば、春はもうすぐだ。彼女は高校三年生になり、私はアラサーにさらに近づく。

「稀莉ちゃん、春には花見をしようか」

「気が早いわね」

「花見の様子をラジオ収録したら面白そうじゃない？」

「仕事の話!?　二人で行くんじゃないの？」

「え、二人でもいいけど。それだと収録大変じゃない？」

「もうこのラジオ馬鹿は……」

「えっ、え？」

「二人で色々なことしたいの！　たくさんデートするの！」

「だって稀莉ちゃん、一応来年は受験生でしょ？　控えた方が……」

「控えないからね！　卒業するまで待つとか悠長なことさせないから」

「……来年も大変になりそうだね」

「そうよ、大変にしてやるわ！」

言い合いをしながらも、笑い合う。

楽しい。彼女と話しているだけで、愉快で、心が温まる。彼女と出会い、私はこんな自分もあったのだと気づいたのだ。

それは役だって同じことだ。

翼が折れても、光を見失っても、空が飛べなくなっても、たくさん泣いても、私が前を向く限り、また新しい自分に出会うことができる。

「奏絵？　どうしたのぼーっとして？」

「ラジオネーム、よしおかんさんからです」

「はい？」

「『何だか幸せすぎです。クリスマスに大好きな人と一緒に過ごすって幸せすぎじゃないでしょうか。どう思いますか、稀莉さん？』」

「……何よ、私も幸せよ」

「だそうです。良かったですね、よしおかんさん。これからも幸せを満喫してください」

「何よ、この茶番」

「……面と向かっていうと恥ずかしいじゃん」

「奏絵、好き」

「そういうのがズルいんだよ！　若いって、勢いってズルい！」

「全然簡単じゃないんだから！　すっごくドキドキしているんだから」

「そうなんだ……嬉しいな」

「言うことはそれだけ？」

「うっ、わかったよ」

「ちょっと待って、携帯で録音するから」

「待てい！　録音するなって！　それに街中だよ？」

「リアルな感じがあっていいじゃない？」

「もう、言うからね。ふつおたはいりませっ」

「違う！　私の決め台詞じゃない！」

「好きだよ、稀莉」

「ああ、ちょっと待って！　今、録音できていないんだから！！」

「やーなこった。早くお店に行くよ」

「待ちなさいー！」

でもこんなに大好きな女の子に出会うのは、最初で最後。

そう、私は思うんだ。

……後日、プレゼントしたピンキーリングをつけたまま稀莉ちゃんがイベントに出演し、「プレゼントをくれたのはよしおかん」と発言、再び炎上したのはまた別の話。

──あとがき──

こんにちは、結城十維《とい》です。また、おたよりが読まれて嬉しいです。

二巻を出せました！　一巻が炎上エンド？　で続きが気になるような展開で終了したので、「次巻を絶対に出さなければ！」と思っていたのですが、この度、無事に刊行でき、安心した気持ちです。

これも読者の皆さまのおかげです。ふつおた一巻が発売され、「買ったよ～」という報告、「この本面白い」という応援をたくさん見ました！　前からのファンの方が買ってくれたのも嬉しかったのですが、新規で買っていただける方もたくさんいて喜ばしい気持ちです。本当にありがとうございました！

この作品はラジオ番組を中心とした青春、声優お仕事物語で、年の差百合作品です。一巻冒頭は百合？？　な内容ですが、終盤で加速し、二巻ではさらに濃く、熱く描写できたのではないでしょうか。自信を持って、この作品は百合作品だと言える内容になったと思います。

ただ二人がイチャイチャするだけではなく、多くの厳しい試練が訪れます。当時、カクヨムでこの二巻の部分を書いていた時は、泣きながら書いていた記憶です。作者酷い！　稀莉と奏絵をいじめないで！　……自分じゃん！　でも、乗り越えた先が尊いんだよな！　と泣いているのにニヤニヤしていたと思います。ひどい人ですね。奏絵と稀莉のラジオパートは気楽に書けるのですが、ドラマパートは自身の感情へダメージを受けがちです。それほど感情を削って、魂を込めて書けたんだな～と今は誇らしく思います。

今回の二巻で注目の部分は、そう、青森ですね！　え、合同イベントの方？　愛してるよゲームの方？　どっちも楽しく書きましたが、作品舞台について語ります。

私の趣味のひとつにあるのが、聖地巡礼です。アニメ、漫画の舞台になった土地を実際に訪れることですね。ただ、アニメ通りの写真を撮りたい！　という欲はあまりなく、その作品の場所を知りたい気持ちが一番強いです。「あ～ここにあのキャラが住んでいるんだ」と思いを馳せるのが、大好きなんですよね。実際にいないかもしれない、でもここにいる気がする。思えば、伊勢《いせ》、尾道《おのみち》、竹原《たけはら》、唐津《からつ》、長崎、観音寺《かんおんじ》、仙台、横須賀《よこすか》、秩父《ちちぶ》、南砺《なんと》、湯涌《ゆわく》温泉、岩舟《いわふね》などなど……色々訪れてきました。上記全部のアニメ・小説・漫画を見ている人がいたら友達になってください（笑）

青森を訪れたのは、二〇一七年夏のことでした。私は千葉生まれ、関東以外に住んだことがない人間で青森には縁もゆかりもなく、強いて言えば某東北地方を舞台にしたアニメ、声優ユニットにドはまりし、ファンクラブに入っていたぐらいでした。ＳＳＡの輝かしい景色はいまでも忘れられませんね。閑話休題。急に青森に行こうと思ったのは、某声優ラジオのイベントが青森の八戸《はちのへ》で開催されたからなんですよね。イベントではゲラゲラ笑ったのを覚えています。それと某魔女の日常アニメ、漫画が大好きでして、弘前《ひろさき》にも訪れました。すごく楽しかった思い出がありまして……、いや、レンタサイクルを借りて何故か聖地巡礼を全部自転車で回ろうとして半端ない距離を走ってヘトヘトになった記憶があり、それも含めて良き思い出の地でした。振り返ると自転車借りて、聖地を爆走しがちな旅が多いです。車も運転できるのですが、なんでしょう、その土地の空気を感じたいのですかね、体力削る旅になりがちです。

今作は、声優ラジオ作品でありながら色々な場所や建物に訪れる作品です。完全に作者の趣味です。明記していないですが、『ふつおた』で描写している場所はほぼリアルにある場所で、絵をイメージしながら執筆しています。あなたの街にも奏絵と稀莉が訪れている……かもしれません。

二〇二三年は人生的にも仕事的にも色々と、本当に色々とあったのですが、ずっと行きたかった沖縄の『ハテの浜』に行けたのが、嬉しかったですね。ふつおたWEB版の第七部の聖地です。そこまで書籍化することはできるのでしょうか。最終章……、まだまだ先ですね。今回の二巻の内容、展開も面白いと自画自賛しているのですが、その後の展開はもっと面白い！　と言えちゃうほど自信がある部分です。ぜひ今後も応援お願いいいたします！

書いた小説が本になって売られる。書籍化が、ひとつの夢でした。

が、叶えるとどんどん先を見たくなるのが人間というもの。欲深い生き物ですね……。

次なる夢は、奏絵と稀莉の声を聞きたい！　です。ドラマCDやラジオなどなど、偉い人、どうぞご検討ください！　その際は、声優候補者リストを勝手に送るので、どうぞよろしくお願いいたします!!

最後に謝辞を。

U35様、二巻も素敵なイラストをありがとうございます！　一巻から関係が変わった奏絵と稀莉の二人が、さらに輝いてみえます。U35様の手で命が吹き込まれ、生き生きとしている姿が見られるのは作者として本当に光栄で、いちファンとしてすっごく嬉しいです！　どのイラストも素敵すぎて、額に入れて飾りたいです。そして橘唯奈、唯奈様のイラストですよ！　二人の物語じゃなかったら唯奈様の表紙が見たい……スピンオフもありですか？　本当にありがとうございました！

編集者様、関係者様、二巻も本にしていただくにあたり、ご尽力いただき、ありがとうございました！　意見や指摘が勉強になり、一人で書いてないんだ、支えられているんだと嬉しい気持ちで二巻を書き終えることができました。感謝の気持ちでいっぱいです。

そして読者の皆さま、一巻、二巻とここまで読んでいただき、ありがとうございました。ラジオ好きな人、百合好きな人、ラノベが好きな人、どの部分で琴線に触れ、興味を持っていただいたのかは分かりませんが、こうやってこの本を見つけてくれて嬉しいです。その勢いで、ぜひ青森に聖地巡礼してください。え、青森からお金は貰っていませんよ？　イギリストーストを差し入れてくれると喜びます。続きが出たら、また聖地が増えることでしょう。次は関東民の人は行きやすい場所なのでご安心ください。あぁ、関東ばっかり優遇するな、というオタクの声が！

また次回の放送で会えることを願って。では、お元気で！

二〇二三年年末　結城十維

電撃の新文芸

ふつおたはいりません！2

～崖《がけ》っぷち声優《せいゆう》、ラジオで人生《じんせい》リスタート！～

著者／結城十維《ゆうきとい》

イラスト／U35《ウミコ》

2024年2月17日　初版発行

発行者／山下直久
発行／株式会社ＫＡＤＯＫＡＷＡ
〒102-8177　東京都千代田区富士見2-13-3
0570-002-301（ナビダイヤル）
印刷／図書印刷株式会社
製本／図書印刷株式会社

【初出】……………………………………………………………………………………………
本書は、カクヨムに掲載された『ふつおたはいりません！』を加筆・修正したものです。

ISBN978-4-04-915543-3　C0093　Printed in Japan

ファンレターあて先
〒102-8177
東京都千代田区富士見2-13-3
電撃の新文芸編集部

「結城十維先生」係
「U35先生」係